Tchekhov

Títulos originais: The Seagull, On the High Road
copyright © Editora Lafonte Ltda. 2022

Todos os direitos reservados.
Nenhuma parte deste livro pode ser reproduzida por quaisquer meios existentes sem autorização por escrito dos editores.

Direção Editorial	*Ethel Santaella*
Tradução	*Ciro Mioranza*
Texto de capa	*Dida Bessana*
Revisão	*Rita del Monaco*
Capa, Projeto Gráfico e Diagramação	*Marcos Sousa*
Ilustração de Capa	*Shutterstock*

```
Dados Internacionais de Catalogação na Publicação (CIP)
        (Câmara Brasileira do Livro, SP, Brasil)

  Tchekhov, Anton Pavlovitch, 1860-1904
     Anton Tchekhov no teatro / Anton Tchekhov ;
  tradução Ciro Mioranza. -- 1. ed. -- São Paulo :
  Lafonte, 2022.

     Conteúdo: A gaivota -- À beira da estrada
     Título original: The seagull ; On the high road
     ISBN 978-65-5870-313-6

     1. Teatro russo I. Título. II. Título: A gaivota.
  III. À beira da estrada.

  22-136958                                    CDD-891.72
            Índices para catálogo sistemático:

     1. Teatro : Literatura russa    891.72

     Cibele Maria Dias - Bibliotecária - CRB-8/9427
```

Editora Lafonte
Av. Profª Ida Kolb, 551, Casa Verde, CEP 02518-000, São Paulo-SP, Brasil – Tel.: (+55) 11 3855-2100
Atendimento ao leitor (+55) 11 3855-2216 / 11 3855-2213 – atendimento@editoralafonte.com.br
Venda de livros avulsos (+55) 11 3855-2216 – vendas@editoralafonte.com.br
Venda de livros no atacado (+55) 11 3855-2275 – atacado@escala.com.br

TCHEKHOV
no teatro

A Gaivota

À Beira da Estrada

Tradução: CIRO MIORANZA

Brasil, 2022

Lafonte

A Gaivota

À Beira da Estrada

A GAIVOTA
PEÇA EM QUATRO ATOS

PERSONAGENS

ARKADINA, IRINA NIKOLAIEVNA (nome de casada, TREPLIEVA), atriz;

TREPLIEV, KONSTANTIN GAVRILOVITCH, seu filho;

SORIN, PIOTR NIKOLAIEVICH, irmão dela.;

NINA MIKHAILOVNA ZARIETCHNAYA, uma jovem, filha de um rico fazendeiro;

SHAMRAIEV, ILIA AFANASIEVITCH, administrador da propriedade de SORIN;

POLINA, ANDREIEVNA, sua esposa;

MASHA, filha deles;

TRIGORIN, BORIS ALEKSEIEVITCH, escritor;

DORN, IEVGUENI SERGUEIEVITCH, médico;

MEDVIEDENKO, SEMION SEMIONOVITCH, professor;

IAKOV, empregado;

COZINHEIRO;

CRIADA.

A cena se passa na propriedade de SORIN. Entre o terceiro e o quarto atos transcorrem dois anos.

PRIMEIRO ATO

(A cena se desenrola no parque da propriedade de SORIN. Uma larga avenida arborizada que, partindo da plateia, leva em direção a um lago, escondido nos fundos do parque. A avenida é obstruída por um palco rústico, temporariamente erguido para a apresentação de espetáculos teatrais de amadores, de modo que o lago fica totalmente oculto. À direita e à esquerda, o palco está cercado de arbustos. Algumas cadeiras e uma mesinha estão dispostas na frente do palco. O sol acaba de se pôr. Ouve-se IAKOV e outros criados martelando e tossindo no palco, atrás da cortina abaixada.)

(MASHA e MEDVIEDENKO entram pela esquerda, voltando de uma caminhada.)

MEDVIEDENKO
Por que a senhorita se veste sempre de preto?

MASHA
Eu me visto de luto para combinar com minha vida. Sou infeliz.

MEDVIEDENKO
Por que deveria estar infeliz? *(Depois de refletir por instantes.)* Não entendo. A senhora está bem de saúde e, embora seu pai

não seja rico, é um homem de posses. Minha vida é muito mais difícil que a sua. Recebo apenas 23 rublos por mês, mas mesmo assim não ando de luto.

(*Eles se sentam.*)

MASHA

A felicidade não depende de riquezas; mesmo os pobres podem ser felizes.

MEDVIEDENKO

Em teoria, sim, mas não na realidade. Veja meu caso, por exemplo; minha mãe, minhas duas irmãs, meu irmão mais novo e eu devemos, de alguma forma, viver com meu salário de 23 rublos por mês. Temos de comer e beber, não acha? E se ficar sem chá e açúcar? Ou sem tabaco? E então, o que me diz?

MASHA

(*Olhando na direção do palco.*) A peça já vai começar.

MEDVIEDENKO

Sim, Nina Zarietchnaya vai atuar na peça de Trepliev. Os dois estão apaixonados, e hoje suas almas vão se unir no esforço de interpretar a mesma ideia de diferentes formas. Já entre a sua alma e a minha não há pontos de contato. Eu a amo. Agitado e triste demais para ficar em casa, percorro todos os dias seis milhas até aqui para encontrar apenas sua indiferença. Sou pobre, minha família é numerosa, certamente não haveria de se sentir propensa a se casar com um homem que não consegue nem mesmo encontrar comida suficiente para a própria boca.

MASHA

Não é isso. (*Aspira um pouco de rapé.*) Fico tocada por seu afeto, mas não posso retribuí-lo, só isso. (*Oferece-lhe a caixinha de rapé.*). Aceita uma pitada?

MEDVIEDENKO

Não, obrigado. (*Pausa*)

MASHA

O ar está abafado; é o prenúncio de uma tempestade que deve chegar logo mais à noite. O senhor nada mais faz do que ficar filosofando ou falando de dinheiro. A seu ver, a pobreza é o maior infortúnio que possa acontecer a um homem. Eu já acho que é mil vezes mais fácil andar em farrapos e mendigar do que... Mas, de qualquer modo, o senhor não iria compreender...

(*Entram SORIN, apoiado numa bengala, e TREPLIEV.*)

SORIN

Por alguma razão, meu rapaz, a vida no campo não combina comigo, e tenho certeza de que nunca vou me acostumar a ela. Ontem à noite, fui para a cama às 10 horas e acordei às 9 da manhã, com a sensação de que, de tanto dormir, meu cérebro tivesse grudado em meu crânio. (*Rindo*) Mesmo assim, acidentalmente caí no sono de novo depois do almoço e me sinto totalmente exausto neste momento. Parece um pesadelo.

TREPLIEV

Sem dúvida, você devia morar na cidade. (*Avista MASHA e MEDVIEDENKO.*) Vocês serão chamados quando a peça começar, meus amigos, mas não devem ficar aqui agora. Tenham a bondade de se retirar.

SORIN

Srta. Masha, poderia, por gentileza, pedir a seu pai para deixar o cachorro solto? Uivou tanto na noite passada que minha irmã não conseguiu dormir.

MASHA

Fale o senhor mesmo com meu pai. Por favor, me desculpe, eu é que não vou fazê-lo. (*Para MEDVIEDENKO*) Venha, vamos embora.

MEDVIEDENKO

Mande nos avisar quando a peça começar.

(*MASHA e MEDVIEDENKO saem.*)

SORIN

Já estou prevendo que aquele cachorro vai uivar a noite toda de novo. É sempre assim no campo; jamais consegui viver como gosto por aqui. Costumava vir passar um mês de férias, para descansar e espairecer, mas logo me atormentavam com suas tolices, que tinha vontade de fugir logo no primeiro dia. (*Rindo.*) Sempre me sentia contente no momento de sair daqui, mas agora estou aposentado e este era o único lugar para onde eu poderia vir. Goste ou não, a gente tem de morar em algum lugar.

IAKOV

(*Para TREPLIEV*) Vamos dar um mergulho, sr. Konstantin.

TREPLIEV

Muito bem, mas devem estar de volta em dez minutos.

IAKOV

Pois não, senhor.

TREPLIEV

(*Olhando para o palco.*) Como um teatro de verdade! Veja, aí temos a cortina, o primeiro plano, o fundo e tudo. Não é necessário nenhum cenário artificial. Os olhos dão diretamente para o lago e pousam no horizonte. A cortina será levantada quando a lua surgir, às 8 e meia.

SORIN

Esplêndido!

TREPLIEV

Claro que todo o efeito vai se perder, se Nina se atrasar. Ela já deveria estar aqui, mas o pai e a madrasta a vigiam tão de perto que, para escapar de casa, é tão difícil como fugir de uma prisão. (*Ajeita a gola de SORIN.*) Seu cabelo está desgrenhado e sua barba também. Por que não os apara?

SORIN

(*Alisando a barba.*) São a tragédia de minha vida. Desde jovem, sempre tive o aspecto de um bêbado ou algo semelhante. As mulheres jamais gostaram de mim. (*Sentando-se*) Por que minha irmã anda tão irritada?

TREPLIEV

Por quê? Porque está com ciúmes e entediada. (*Sentando-se ao lado de SORIN.*) Ela não vai atuar esta noite, mas é Nina que vai representar; então ela se indispôs comigo, com a representação da peça e com a própria peça, que a odeia sem tê-la lido.

SORIN

(*Rindo*) Será que é isso mesmo?

TREPLIEV

Sim, ela está furiosa porque Nina vai fazer sucesso neste pequeno palco. (*Olhando o relógio.*) Minha mãe é um curioso caso psicológico. Sem dúvida, brilhante e talentosa, capaz de chorar ao ler um romance, capaz de recitar de cor toda a poesia de Nekrasov[1] e capaz de cuidar dos doentes como um anjo do céu, mas deveria ver o que acontece se alguém passar a elogiar Duse[2] na frente dela! Só ela deve ser elogiada, só sobre ela se deve escrever, entusiasmar-se e aclamá-la por sua maravilhosa atuação em *A Dama das Camélias*[3] e mesmo exaltá-la até as nuvens. Como não dispõe de todo esse lixo aqui na cidade, ela se aborrece, fica irritada e pensa que todos estamos contra ela e somos culpados de tudo. Além do mais, é supersticiosa também. Tem medo de acender três velas e também do dia 13... Mais ainda, é avarenta. Sei, com toda a certeza, que ela tem 70 mil rublos num banco em Odessa; mas tente lhe pedir um centavo emprestado, ela se desmancha em prantos.

SORIN

Você pôs na cabeça que sua mãe não gosta de sua peça e só de pensar nisso já fica nervoso e destemperado. Fique calmo, sua mãe o adora.

---

1 Nikolai Alexseievitch Nekrasov (1821-1878), poeta, escritor, crítico e editor russo. (N.T.)
2 Eleonora Duse (1858-1924), famosa atriz italiana; atuou em inúmeras peças de teatro, apresentando-se, em turnês, por toda a Europa e Américas; fez várias apresentações na Rússia e esteve, inclusive, no Brasil, em 1907, atuando no Rio de Janeiro e em São Paulo. (N.T.)
3 Peça teatral adaptada do romance de igual título de Alexandre Dumas Filho (1824-1895), escritor francês. (N.T.)

TREPLIEV

(*Despetalando uma flor.*) Bem me quer, mal me quer; bem me quer, mal me quer; bem me quer, mal me quer! (*Rindo*) Está vendo, ela não me ama, e por que deveria? Ela gosta de viver, de amar, de vestir roupas alegres, e eu já tenho 25 anos, um lembrete mais que suficiente para que ela perceba que não é mais jovem. Quando não estou por perto, ela tem apenas 32 anos, mas quando estou presente tem 43 e me odeia por isso. Sabe, também, que desprezo o teatro moderno. Ela o adora e imagina que está trabalhando nele em benefício da humanidade e de sua sagrada arte, mas, para mim, o teatro é apenas o veículo de convenções e preconceitos. Quando o pano sobe naquela pequena sala de três paredes, quando aqueles poderosos gênios, aqueles sumos sacerdotes da arte, nos mostram pessoas no ato de comer, beber, amar, andar e vestir seus casacos, e tentam extrair uma moral de sua conversa insípida; quando os dramaturgos nos dão, sob mil disfarces diferentes, as mesmas coisas, as mesmas velhas coisas, então tenho de fugir, como Maupassant[4] fugiu da Torre Eiffel que estava prestes a esmagá-lo com sua vulgaridade.

SORIN

Mas não podemos ficar sem teatro.

TREPLIEV

Não, mas precisamos descobrir novas formas. Se não pudermos fazer isso, é preferível não ter qualquer teatro. (*Olhando o relógio.*)

---

4 Albert René Albert Guy de Maupassant (1850-1893), escritor e poeta francês. (N.T.)

Eu amo minha mãe, eu a amo com toda a devoção, mas acho que ela leva uma vida sem sentido. Anda sempre com esse escritor em mente e os jornais sempre a assustam à morte, e estou cansado disso. O egoísmo puro e humano às vezes fala em mim e lamento que minha mãe seja uma atriz famosa. Se fosse uma mulher comum, acho que eu seria um homem mais feliz. O que poderia ser mais intolerável e tolo do que minha posição, tio, quando me vejo como a única nulidade entre uma multidão de convidados dela, todos autores e artistas famosos? Sinto que eles só me suportam porque sou filho dela. Pessoalmente, não sou nada, ninguém. Deixei a faculdade no terceiro ano por circunstâncias que fugiam de meu controle, como se diz. Não tenho dinheiro nem talento e, em minha carteira de identidade se pode ler que sou simplesmente um cidadão de Kiev. Assim também meu pai, mas ele era um ator conhecido. Quando as celebridades que frequentam a sala de visitas de minha mãe se dignam me dar atenção, sei que só me olham para medir minha insignificância; leio seus pensamentos e sofro de humilhação.

SORIN

A propósito, diga-me, que tipo de homem é esse Trigorin? Não consigo entendê-lo. Está sempre calado.

TREPLIEV

Trigorin é inteligente, simples, bem-educado e um pouco, posso dizer, melancólico. Embora ainda tenha menos de 40 anos, está farto de elogios. Quanto a suas histórias, são – como posso dizer? – agradáveis, cheias de talento, mas se você leu Tolstoi[5] ou Zola[6], de alguma forma não vai gostar de ler Trigorin.

SORIN

Você sabe, meu caro, eu gosto de escritores. Outrora, desejava ardentemente duas coisas: me casar e me tornar escritor. Não consegui nenhuma das duas. Deve ser agradável ser até mesmo um autor insignificante.

TREPLIEV

(*Apurando o ouvido.*) Estou ouvindo passos! (*Abraça o tio.*) Não posso viver sem ela; até o som de seus passos é música para mim. Estou loucamente feliz. (*Vai rapidamente ao encontro de NINA, que entra naquele momento.*) Minha fada! Minha garota dos sonhos!

NINA

(*Agitada*) É impossível que eu esteja atrasada. Não, não estou atrasada.

TREPLIEV

(*Beijando-lhe as mãos.*) Não, não, não!

NINA

Passei o dia todo muito nervosa. Tinha tanto medo de que meu pai me impedisse de vir, mas ele e minha madrasta acabaram

---

5   Live Nikolaievitch Tolstoi (1828-1910), um dos mais célebres escritores russos, autor de romances, crônicas e peças teatrais. (N.T.)

6   Emile Edouard Charles-Antoine Zola (1840-1902), renomado romancista francês. (N.T.)

por sair. O céu está claro, a lua está surgindo. Como me apressei para chegar aqui! Como fustiguei meu cavalo para correr sempre mais! (*Rindo*) Estou tão feliz em vê-lo!

(*Aperta a mão de SORIN.*)

SORIN

Oh! Parece que seus olhos andaram chorando. Não deve fazer isso.

NINA

Não é nada, nada. Vamos nos apressar. Dentro de meia hora devo partir. Não, não, pelo amor de Deus, não me peça para ficar. Meu pai não sabe que estou aqui.

TREPLIEV

Na verdade, já está na hora de começar. Vou chamar a plateia.

SORIN

Deixe que eu vou chamar a todos. Agora mesmo. (*Vai para a direita, começa a cantar* Os dois Granadeiros[7] *e então para.*) Eu estava cantando isso uma vez, quando um colega advogado me disse: "Você tem uma voz poderosa, senhor". Então pensou um pouco e acrescentou: "Mas é desagradável!" (*Sai rindo.*)

NINA

Meu pai e a esposa dele nunca vão me deixar vir aqui; dizem que este lugar é de boemia e temem que eu me torne atriz.

---

7 Trata-se de *Die beiden Grenadiere*, de autoria do poeta alemão Christian Johann Heinrich Heine (1797-1856), poema que foi musicado por Robert Alexander Schumann (1810-1856), pianista e compositor alemão. (N.T.)

Mas este lago me atrai assim como as gaivotas. Meu coração está repleto de você. (*Olha em volta.*)

TREPLIEV
Estamos sozinhos.

NINA
Não há mais ninguém por aí?

TREPLIEV
Não. (*Eles se beijam.*)

NINA
Que árvore é essa?

TREPLIEV
Um olmo.

NINA
Por que parece tão escuro?

TREPLIEV
Já é noite; tudo está escuro agora. Não vá embora cedo, eu lhe suplico.

NINA
Mas devo.

TREPLIEV
E se eu a acompanhasse, Nina? Passaria a noite inteira em seu jardim com os olhos voltados para sua janela.

NINA
Seria impossível; o guarda o veria e "Tesouro" não o conhece ainda e ficaria latindo.

TREPLIEV
 Eu a amo.

NINA
 Psiu!...

TREPLIEV
 (*Ouvindo passos se aproximando.*) Quem é? É você, IAKOV?

IAKOV
 (*No palco.*) Sim, senhor.

TREPLIEV
 Tomem seus lugares. A lua está surgindo; a peça vai começar.

NINA
 Sim, senhor.

TREPLIEV
 O álcool está à mão? E o enxofre também? Deve haver cheiro de enxofre no ar quando os olhos ficarem vermelhos. (*Para NINA*) Vá, está tudo pronto. Está nervosa?

NINA
 Sim, muito. Não tenho tanto medo de sua mãe, mas Trigorin está aqui. Estou apavorada e envergonhada de representar diante dele. Ele é tão famoso. É jovem?

TREPLIEV
 Sim.

NINA
 Que belos contos ele escreve!

TREPLIEV

(*Friamente*) Não li nenhum deles, então nada posso dizer.

NINA

Sua peça é muito difícil de representar; não há personagens vivos nela.

TREPLIEV

Personagens vivos! A vida deve ser representada não como é, mas como deveria ser; como aparece em sonhos.

NINA

Tem pouca ação; parece mais uma recitação. Acho que o amor sempre deve estar presente em todas as peças.

(*NINA e TREPLIEV sobem no pequeno palco; entram POLINA e DORN.*)

POLINA

Está ficando úmido. Volte e calce suas galochas.

DORN

Estou bem aquecido.

POLINA

O senhor não se cuida, é muito teimoso e, sendo médico, sabe muito bem que o ar úmido faz mal. Mas gosta de me ver sofrer, é isso. Ficou sentado no terraço ontem à noite de propósito.

DORN

(*Cantarola*) "Oh, não me diga que a juventude já passou!"

POLINA

O senhor estava tão encantado com a conversa da sra. Arkadina que nem percebeu o frio. Confesse que a admira.

DORN

Estou com 55 anos.

POLINA

Bobagem. Não é estar velho para um homem. O senhor manteve sua ótima aparência e ainda agrada às mulheres.

DORN

O que está tentando me dizer?

POLINA

Todos os homens estão sempre prontos a cair de joelhos diante de uma atriz. Todos!

DORN

(*Cantarola*) "Mais uma vez estou diante de ti." É perfeitamente natural que a sociedade aprecie os artistas e os trate de modo bem diferente, por exemplo, dos comerciantes. É uma espécie de idealismo.

POLINA

Quando as mulheres se apaixonavam pelo senhor e se abandonavam em seu colo, isso também era idealismo?

DORN

(*Dando de ombros.*) Não sei o que dizer. Tem havido muitas coisas admiráveis em minhas relações com as mulheres. Em mim, apreciavam especialmente o excelente médico. Dez anos atrás – a senhora deve se lembrar –, eu era o único médico decente em toda essa região. Além disso, sempre agi como homem honrado.

POLINA

(*Pega a mão dele.*) Querido!

DORN

Quieta! Estão vindo.

(*ARKADINA entra de braço dado com SORIN; entram também TRIGORIN, SHAMRAIEV, MEDVIEDENKO e MASHA.*)

SHAMRAIEV

Ela atuou muito bem na Feira de Poltava, em 1873; foi realmente estupenda. Mas, diga-me também, por onde anda o comediante Tchadin? Ele era inimitável como Rasplueff, melhor do que Sadofski. Onde está agora?

ARKADINA

Não me pergunte onde estão todos esses atores antediluvianos! Nada sei sobre eles. (*Senta-se*)

SHAMRAIEV

(*Suspirando*) Pashka Tchadin! Não sobrou ninguém como ele. O palco não é o que era na época dele. Naquele tempo, cresciam carvalhos robustos, agora restam apenas tocos de árvores.

DORN

É verdade que hoje em dia temos poucos gênios deslumbrantes, mas, por outro lado, o ator médio tem um nível bem superior.

SHAMRAIEV

Não posso concordar com o senhor. De qualquer modo, é questão de gosto e *de gustibus...*[8]

(*TREPLIEV entra por trás do palco.*)

ARKADINA

Quando é que a peça vai começar, meu caro?

TREPLIEV

Em instantes. Por favor, tenha um pouco de paciência.

ARKADINA

(*Citando* Hamlet[9]) Meu filho,

"Reviras meu olhar para o fundo de minha alma;

E ali vejo manchas negras granuladas,

De cor tão firme que não esmaecerão jamais."

(*Uma trombeta soa atrás do palco.*)

TREPLIEV

Atenção, senhoras e senhores! A peça está prestes a começar. (*Pausa*) **Vou começar.** (*Bate na porta com um bastão e fala em voz alta.*) Ó, veneráveis e antigas névoas que pairam à noite na superfície deste lago, ceguem nossos olhos com o sono e mostrem em nossos sonhos o que vai acontecer daqui a vinte mil anos!

SORIN

Daqui a vinte mil anos, não haverá mais nada.

---

8 Alusão ao ditado latino *De gustibus et coloribus non est disputandum* (Sobre gostos e cores não se discute). (N.T.)

9 Título de peça teatral de William Shakespeare (1564-1616), dramaturgo inglês. (N.T.)

TREPLIEV
Então, que nos mostrem esse nada.

ARKADINA
Sim, que nos mostrem... já estamos dormindo.

(*O pano sobe. Uma vista se abre sobre o lago. A lua, ainda baixa acima do horizonte, se reflete na água. NINA, vestida de branco, é vista sentada em cima de uma grande pedra.*)

NINA
Todos os homens e feras, leões, águias e perdizes, cervos galheiros, gansos, aranhas, peixes silenciosos das águas, estrelas do mar e criaturas invisíveis aos olhos, – numa palavra, vida –, tudo, toda a vida, completando seu triste ciclo, que lhe foi imposto, finalmente se extinguiu. Milhares de anos se passaram desde que a terra carregou pela última vez um ser vivo em seu peito, e a pobre lua acende seu farol em vão. Não se ouvem mais os gritos das cegonhas nos prados, nem o zumbido dos besouros nos bosques de tílias. Tudo está frio, frio. Tudo está vazio, vazio, vazio. Tudo é terrível, terrível. (*Pausa*) Os corpos de todas as criaturas vivas viraram pó e a matéria eterna os transformou em pedras e água e nuvens; mas seus espíritos confluíram para uma única alma, e essa grande alma universal sou eu! Em mim está o espírito do grande Alexandre, o espírito de Napoleão, de César, de Shakespeare e da menor sanguessuga que existe. Em mim, a consciência humana deu as mãos ao instinto do animal; eu compreendo tudo, tudo, tudo, e cada vida revive em mim.

(*Fogos-fátuos tremeluzem ao longo da margem do lago.*)

ARKADINA
(*Aos sussurros*) Que besteira decadente é essa?

TREPLIEV
(*Implorando*) **Mamãe!**

NINA
Estou sozinha. Uma vez a cada cem anos, meus lábios se abrem, minha voz ecoa tristemente pela terra deserta e ninguém ouve. E vocês, pobres fogos-fátuos do pântano, vocês não me ouvem. Vocês são gerados ao pôr do sol na lama pútrida e ficam flutuando sobre o lago até o amanhecer, inconscientes, irracionais, sem sopro de vida. Satanás, pai da matéria eterna, tremendo de medo de que a centelha da vida brilhe em vocês, ordenou um movimento incessante dos átomos que os compõem, e assim permanecem em mutação contínua. Eu, o espírito do universo, só eu sou imutável e eterno. (*Pausa*) **Como um prisioneiro numa masmorra profunda e vazia, não sei onde estou, nem o que me espera. Só uma coisa não está escondida de mim: em minha batalha feroz e obstinada com Satanás, a fonte das forças da matéria, estou destinado a me consagrar vitorioso no fim. Então, matéria e espírito serão um só, finalmente em gloriosa harmonia, e o reino da liberdade será instaurado na terra. Mas isso só pode acontecer lentamente quando, depois de incontáveis eras, a lua e a terra e a fulgurante estrela Sírio se tiverem desfeito em pó. Mas até aquele momento, oh! horror! horror! horror!**
(*Pausa; dois pontos vermelhos são vistos brilhando por sobre o lago.*) **Satanás, meu poderoso inimigo, avança; vejo seus terríveis olhos lúgubres.**

ARKADINA
Sinto cheiro de enxofre. Isso é feito de propósito?

TREPLIEV

Sim.

ARKADINA

Oh, entendo, é parte de um efeito cênico.

TREPLIEV

Mamãe!

NINA

Ela se irrita sem o homem...

POLINA

(*Para DORN*) Você tirou o chapéu de novo! Reponha-o, senão vai apanhar um resfriado.

ARKADINA

O médico tirou o chapéu para Satanás, pai da eterna matéria...

TREPLIEV

(*Em voz alta e zangado.*) Pare com isso! A representação terminou. Baixem o pano!

ARKADINA

Por que está com tanta raiva?

TREPLIEV

(*Batendo o pé.*) A cortina; baixem a cortina! (*Cai o pano.*) Perdão, esqueci que apenas alguns eleitos podem escrever peças ou representá-las. Infringi o monopólio. Eu... eu...

(*Gostaria de dizer mais alguma coisa, mas, em vez disso, acena com a mão e vai para a esquerda.*)

ARKADINA

O que há com ele?

SORIN

Não deveria ferir o amor-próprio de um jovem de forma tão rude, minha irmã.

ARKADINA

Mas o que foi que eu lhe disse?

SORIN

Feriu os sentimentos dele.

ARKADINA

Mas ele mesmo me disse que tudo isso não passava de diversão, então tratei sua peça como se fosse uma comédia.

SORIN

De qualquer modo...

ARKADINA

Agora parece que ele produziu uma obra-prima, por favor! Suponho que não pretendia nos divertir de modo algum, mas que arranjou a apresentação e nos fumigou com enxofre para nos demonstrar como as peças deveriam ser escritas e o que vale a pena representar. Estou cansada dele. Ninguém aguentaria suas investidas e alfinetadas constantes. Ele é um menino obstinado e egoísta.

SORIN

Ele queria apenas lhe agradar.

ARKADINA

É mesmo? Percebo, porém, que não escolheu uma peça comum, mas nos obrigou a assistir a esse lixo decadente. Estou disposta a ouvir qualquer delírio, desde que não seja sério, mas, ao nos mostrar isso, pretendia nos apresentar uma nova forma de arte e inaugurar uma nova era. A meu ver, não há de novo, é simplesmente uma exibição de mau gosto.

TRIGORIN

Cada um escreve como quer e como pode.

ARKADINA

Pois que escreva como quer e como pode, mas me poupe dessas suas tolices.

DORN

Está irado, ó Júpiter!

ARKADINA

Sou uma mulher, não Júpiter. (*Acende um cigarro.*) E não estou zangada, só lamento ver um jovem perdendo seu tempo com coisas tão tolas. Não tive a intenção de ofendê-lo.

MEDVIEDENKO

Ninguém tem motivo para separar a vida da matéria, pois o espírito pode muito bem consistir na união dos átomos materiais. (*Animado, para TRIGORIN.*) Algum dia deveria escrever uma peça e apresentar no palco a vida de um professor. É uma vida dura, muito dura!

ARKADINA

Concordo, mas não vamos falar sobre peças ou átomos agora. A noite está maravilhosa. Escutem o canto, amigos, como é mavioso!

POLINA

Sim, estão cantando lá na outra margem. (*Pausa*)

ARKADINA

(*Para TRIGORIN*) Sente-se aqui a meu lado. Há dez ou quinze anos, tínhamos música e cantávamos à beira desse lago quase todas as noites. Havia seis casas na margem. Então tudo era barulho, risos e romance, tanto romance! A jovem estrela e ídolo de todos, naqueles tempos, era esse homem aqui (*Acena com a cabeça em direção a DORN.*), o doutor Eugene Dorn. Ainda hoje é um homem fascinante, mas naquela época era irresistível. Mas minha consciência está começando a me atormentar. Por que ofendi meu pobre menino? Estou preocupada com ele. (*Levantando a voz.*). Konstantin! Konstantin!

MASHA

Devo ir procurá-lo?

ARKADINA

Por favor, minha querida.

MASHA

(*Dirige-se para a esquerda, chamando.*) Sr. Konstantin! Oh, sr. Konstantin!

NINA

(*Entra por trás do palco.*) Pelo visto, a peça nunca vai terminar; por isso posso ir para casa agora. Boa noite. (*Beija ARKADINA e POLINA.*)

SORIN

Bravo! Bravo!

ARKADINA

Bravo! Bravo! Ficamos encantados com sua atuação. Com essa aparência e com essa voz tão adorável é um crime viver escondida no campo. Você deve ser muito talentosa. Deve entrar para o teatro, está me ouvindo?

NINA

É o sonho de minha vida, que nunca se tornará realidade.

ARKADINA

Quem sabe? Talvez sim. Mas permita-me apresentar-lhe o sr. Boris Trigorin.

NINA

Muito prazer em conhecê-lo. (*Encabulada*) Li todos os seus livros.

ARKADINA

(*Fazendo NINA sentar-se ao lado dela.*) Não fique assim, encabulada, por causa dele, querida. Mesmo sendo uma celebridade, ele é uma alma simples e afável. Veja, ele é que está todo sem jeito.

DORN

A cortina não podia ser levantada agora? É deprimente vê-la assim, abaixada.

SHAMRAIEV

(*Em voz alta.*) IAKOV, meu rapaz! Levante essa cortina!

NINA

(*Para TRIGORIN*) Peça curiosa, não é?

TRIGORIN

Muito. Não consegui entender coisa nenhuma, mas assisti com o maior prazer, porque a senhora atuou com muita sinceridade, e o cenário era lindo. (*Pausa*) Deve haver muitos peixes neste lago.

NINA

Sim.

TRIGORIN

Adoro pescar. Não conheço nada mais agradável do que sentar às margens de um lago, à tardinha, com os olhos fixos numa folha flutuante.

NINA

Ora, eu acho que, para alguém que experimentou o prazer de criar, não poderia haver outro prazer maior.

ARKADINA

Não fale assim. Ele sempre fica desajeitado quando as pessoas lhe dirigem belas palavras.

SHAMRAIEV

Lembro-me de quando o famoso Silva cantava, certa vez, na Ópera de Moscou. Como todos nós ficamos encantados quando ele emitiu um dó muito grave. Bem, pode imaginar nosso espanto quando um dos cantores da igreja que, por acaso estava sentado na galeria, de repente gritou: "Bravo, Silva!", mas uma oitava inteira abaixo. Assim: (*Com uma voz de baixo muito grave.*) "Bravo, Silva!" O público ficou pasmo. (*Pausa*)

DORN

O anjo do silêncio está voando por aqui.

NINA

Tenho de ir. Adeus!

ARKADINA

Para onde? Por que deve ir tão cedo? Não vamos deixá-la ir agora.

NINA

Meu pai está me esperando.

ARKADINA

Realmente, que homem cruel (*Beijam-se.*) Creio que nada se pode fazer, mas é uma pena, realmente uma pena deixá-la ir.

NINA

Se soubesse como é difícil para mim deixar todos vocês...

ARKADINA

Alguém deveria acompanhá-la, minha pequena.

NINA

(*Assustada.*) **Não, não!**

SORIN

(*Suplicando.*) **Não vá!**

NINA

Tenho de ir.

SORIN

Fique só mais uma hora, nada mais. Ora, realmente, isso não faz diferença.

NINA

(*Lutando contra seu desejo de ficar, em lágrimas.*) Não, não posso. (*Aperta a mão dele e sai rapidamente.*)

ARKADINA

Uma moça sem sorte! Dizem que a mãe deixou para o marido uma imensa fortuna e agora a filha está sem um tostão, porque o pai já deixou tudo para a segunda esposa. É lamentável.

DORN

Sim, o pai dela é uma besta perfeita, e não me importo em dizer isso – é o que ele merece.

SORIN

(*Esfregando as mãos geladas.*) Vamos, vamos entrar; a noite está úmida e minhas pernas estão doloridas.

ARKADINA

Sim, age como se tivesse pernas de pau; mal consegue movê-las. Vamos lá, seu velho infeliz. (*Pega no braço dele.*)

SHAMRAIEV

(*Oferecendo o braço à esposa.*) Permita-me, senhora.

SORIN

Estou ouvindo aquele cachorro uivando de novo. Não vai pedir que o soltem, por favor, Shamraiev?

SHAMRAIEV

Não, realmente não posso, senhor. O celeiro está cheio de sorgo e tenho medo de que ladrões possam invadi-lo, se o cachorro não estiver lá. (*Caminhando ao lado de MEDVIEDENKO.*) Sim, uma oitava abaixo: "Bravo, Silva!" E não era nenhum cantor de ópera, apenas um simples cantor de igreja.

MEDVIEDENKO

E quanto pagam a esses cantores de igreja? (*Saem todos, menos DORN.*)

DORN

Posso ter perdido meu juízo e minha inteligência, mas devo confessar que gostei dessa peça. Há qualquer coisa nela. Quando a moça falou de sua solidão e os olhos do diabo brilharam do outro lado do lago, minhas mãos tremiam de emoção. Era tão fresco e ingênuo. Mas parece que ele vem vindo; vou lhe dirigir algumas palavras agradáveis.

(*TREPLIEV entra.*)

TREPLIEV

Já se foram todos?

DORN

Eu estou aqui.

TREPLIEV

Masha andou me chamando por todo o parque. Criatura insuportável.

DORN

Konstantin, sua peça me deliciou. É um tanto estranha, claro, e não ouvi o final, mas me causou uma profunda impressão. O senhor é talentoso e deve perseverar em seu trabalho. *(TREPLIEV agarra sua mão e a aperta com força, depois o abraça impetuosamente.)* Ora, ora! Como está agitado! Seus olhos estão rasos de lágrimas. Escute. O senhor escolheu seu assunto no reino do pensamento abstrato e acertou. Uma obra de arte deve invariavelmente incorporar alguma ideia elevada. Só o que é sério pode ser belo. Como está pálido!

TREPLIEV

Então o senhor me aconselha a continuar?

DORN

Sim, mas use seu talento para expressar apenas verdades profundas e eternas. Tive uma vida tranquila, como sabe, e sou um homem contente, mas se algum dia experimentar a exaltação que um artista sente durante seus momentos de criação, acho que deveria rejeitar esse invólucro material de minha alma e tudo o que está relacionado com ele, e alçar voo nas alturas, bem acima dessa terra.

TREPLIEV

Peço-lhe perdão, mas onde está Nina?

DORN

E outra coisa: toda obra de arte deve ter em vista um objetivo definido. Deve saber por que está escrevendo, pois, se seguir a estrada da arte sem um objetivo diante de seus olhos, poderá ficar desorientado e seu gênio será sua ruína.

TREPLIEV

(*Impaciente*) Onde está Nina?

DORN

Foi para casa.

TREPLIEV

(*Desesperado.*) Foi para casa? O que devo fazer? Quero vê-la, preciso vê-la! Vou procurá-la.

DORN

Acalme-se, meu amigo.

TREPLIEV

Vou atrás dela. Tenho de ir.

(*MASHA entra.*)

MASHA

Venha para casa, sr. Konstantin. Sua mãe o espera, está ansiosa.

TREPLIEV

Diga-lhe que fui embora. E, pelo amor de Deus, todos vocês, me deixem em paz! Vão embora, não tentem me seguir!

DORN

Ora, ora, meu camarada. Não aja desse jeito. Não é sensato.

TREPLIEV

(*Em lágrimas*) Adeus, doutor, e obrigado.

(*TREPLIEV sai.*)

DORN

(*Suspirando*) Ah, mocidade, mocidade!

MASHA

Quando não se tem nada a dizer, fica-se repetindo "mocidade, mocidade".

(*Aspira rapé. DORN toma-lhe a caixinha das mãos e a joga nos arbustos.*)

DORN

Não faça isso, é horrível. (*Pausa*) Estou ouvindo música dentro de casa. Vou entrar.

MASHA

Espere um momento.

DORN

O que quer?

MASHA

Quero lhe dizer mais uma coisa. Tenho vontade de conversar. (*Fica cada vez mais agitada.*) Eu não gosto de meu pai, mas meu coração se volta para o senhor. Por alguma razão, sinto com toda a minha alma que o senhor está muito próximo de mim. Ajude-me! Ajude-me, ou posso cometer uma tolice, zombar de minha vida e estragá-la. Estou no limite, não aguento mais.

DORN

O que está acontecendo? Como posso ajudá-la?

MASHA

Estou sofrendo muito. Ninguém, ninguém pode imaginar quanto sofro. (*Reclina a cabeça sobre o ombro dele e fala baixinho.*) Eu amo Konstantin.

DORN
Oh, como todos vocês estão agitados! E quanto amor existe nesse lago de feitiços! (*Com ternura.*) Mas o que posso fazer por você, minha filha? O quê? O quê?

(*Cai o pano.*)

SEGUNDO ATO

(O gramado em frente à casa de SORIN. A casa fica ao fundo, num amplo terraço. O lago, refletindo brilhantemente os raios do sol, fica à esquerda. Há canteiros de flores aqui e acolá. É meio-dia; faz calor. ARKADINA, DORN e MASHA estão sentados num banco no gramado, à sombra de uma velha tília. DORN tem um livro aberto sobre os joelhos.)

ARKADINA

(Para MASHA) **Vamos, levante!** *(As duas se levantam.)* **Fique a meu lado. Você tem 22 anos e eu quase o dobro de sua idade. Diga-me, doutor, qual de nós duas lhe parece mais jovem?**

DORN

A senhora, é claro.

ARKADINA

Está vendo? E por quê? Porque eu trabalho; meu coração e minha mente estão sempre ocupados, enquanto você nunca sai do mesmo lugar. Isso não é viver. Tenho como máxima nunca olhar para o futuro. Nunca fico pensando na velhice nem na morte. O que vier é bem-vindo.

MASHA

Sinto-me como se estivesse no mundo há mil anos e vou arrastando minha vida do jeito que dá. E não poucas vezes, não tenho vontade nem de viver. Claro que isso é tolice. É preciso se recompor e livrar-se dessas bobagens.

DORN

(*Cantarola baixinho.*) "Digam a ela, ó flores...[10]"

ARKADINA

Além disso, mantenho toda a correta aparência de uma britânica. Estou sempre bem aprumada, como se costuma dizer, vestida com esmero, com o cabelo bem penteado. Você acha que eu deveria me permitir sair de casa mal vestida, com os cabelos desgrenhados? Certamente que não! Eu mantive minha aparência, nunca fui desleixada e nunca me deixei descair como algumas mulheres. (*De mãos na cintura, anda para um lado e para outro do gramado.*) Veja como ando na ponta dos pés como uma garota de 15 anos.

DORN

É o que parece. De minha parte, vou continuar minha leitura. (*Pega o livro.*) Deixe-me ver, chegamos até o negociante de grãos e os ratos...

ARKADINA

E os ratos. Continue. (*Ela se senta.*) Não, me dê o livro, é minha vez de ler. (*Pega o livro e procura o lugar.*) E os ratos. Ah, aqui

---

10 Trecho de uma ária da ópera *Fausto* de Charles Gounod (1818-1893), compositor francês. (N.T.)

NINA

Está pescando no cais.

ARKADINA

Não sei como não enjoa disso. (*Começa a ler novamente.*)

NINA

O que está lendo?

ARKADINA

Na água, de Maupassant. (*Lê algumas linhas para si mesma.*) Mas o resto não é verdade nem interessa. (*Larga o livro.*) Estou inquieta por causa de meu filho. Diga-me, o que há com ele? Por que está tão aborrecido e deprimido ultimamente? Passa dias no lago e quase não o vejo.

MASHA

Está com o coração pesado. (*Timidamente, para NINA.*) Por favor, recite algo da peça dele.

NINA

(*Dando de ombros.*) Quer mesmo? É tão interessante assim?

MASHA

(*Com êxtase reprimido.*) Quando ele recita, seus olhos brilham e seu rosto empalidece. Sua voz é linda e triste, e ele tem jeito de poeta.

(*SORIN começa a roncar.*)

DORN

Bons sonhos!

está. (*Lê.*) "É tão perigoso para a sociedade atrair e afagar autores quanto para negociantes de grãos criar ratos em seus celeiros. E, no entanto, a sociedade adora autores. E assim, quando uma mulher encontra um escritor que deseja conquistar, assedia-o e o cobre de elogios." Pode ser assim na França, mas certamente não é assim na Rússia. Não seguimos um programa estabelecido para isso. Entre nós, uma mulher geralmente está perdidamente apaixonada por um escritor antes de tentar assediá-lo. Há aqui um exemplo claro, bem diante de seus olhos, eu e Trigorin.

(SORIN entra apoiado numa bengala, com NINA ao lado dele. MEDVIEDENKO os segue e empurra uma poltrona.)

SORIN

(Com voz carinhosa, como se falasse com uma criança.) Então, estamos felizes agora, hein? Estamos nos divertindo hoje, não é? O pai e a madrasta foram a Tver e estamos livres por três dias completos!

NINA

(Senta-se ao lado de ARKADINA e a abraça.) Estou tão feliz. Agora, lhes pertenço.

SORIN

(Senta na poltrona.) Está linda hoje.

ARKADINA

Sim, ela pôs seu melhor vestido e está elegante. Muito gentil de sua parte. *(Beija NINA.)* Mas não devemos elogiá-la demais, assim vamos mimá-la. Onde está Trigorin?

ARKADINA

Piotr!

SORIN

Hein?

ARKADINA

Está com sono?

SORIN

Nem um pouco. (*Pausa*)

ARKADINA

Você não zela por sua saúde, irmão, mas deveria.

DORN

Que ideia é essa de cuidar da saúde aos 65 anos!

SORIN

Também aos 65 anos se quer viver.

DORN

(*Aborrecido.*) Oh! Tome então um pouco de chá de camomila.

ARKADINA

Acho que um período numa estação de águas lhe faria bem.

DORN

Ora, de fato, ele pode ir, mas pode também ficar em casa.

ARKADINA.

Não está entendendo.

DORN

Não há nada para entender nesse caso; está tudo bem claro.

MEDVIEDENKO

Ele deveria parar de fumar.

SORIN

Bobagem! (*Pausa*)

DORN

Não, não é bobagem. O vinho e o fumo destroem a personalidade. Depois de um charuto ou de um copo de vodca, o senhor não é mais Piotr Sorin, mas Piotr Sorin e mais alguém. Seu ego se divide em dois: o senhor começa a se referir a si mesmo na terceira pessoa.

SORIN

É fácil para o senhor condenar o fumo e a bebida. O senhor sabe o que é a vida, mas e eu? Trabalhei no Departamento de Justiça por 28 anos, mas nunca vivi, nunca tive nenhuma experiência. O senhor viveu a vida à saciedade; por isso agora está propenso a filosofar, mas eu quero viver; por isso bebo meu vinho no jantar e fumo meu charuto, sem problema algum.

DORN

É preciso levar a vida a sério, cuidar da saúde aos 65 anos e lamentar por não ter tido mais prazer na juventude é, perdoe-me dizê-lo, leviandade.

MASHA

Deve estar na hora do almoço. (*Afasta-se languidamente, com passo arrastado.*) Meus pés estão dormentes.

DORN

Agora ela vai tomar dois belos copos, antes do almoço.

SORIN

Está infeliz, pobrezinha!

DORN

Tolice, excelência.

SORIN

O senhor a julga como um homem que obteve tudo o que desejava na vida.

ARKADINA

Oh! O que poderia ser mais enfadonho do que esse doce tédio da área rural? Ar quente e parado, ninguém faz nada além de ficar sentado e filosofar sobre a vida. É agradável, meus amigos, estar aqui e ouvi-los, mas eu prefiro mil vezes ficar sozinha no quarto de um hotel, decorando o texto de meu papel.

NINA

(*Com entusiasmo.*) Tem toda a razão. Eu a compreendo.

SORIN

Claro que morar na cidade é mais agradável. Pode-se ficar sentado no próprio escritório, com um telefone ao lado, ninguém entra sem ser primeiro anunciado pelo criado, as ruas estão cheias de táxis e o que quiser.

DORN

(*Cantarola.*) "Digam a ela, ó flores..."

(SHAMRAIEV *entra, seguido por* POLINA.)

SHAMRAIEV

Aqui estão eles. Como estão? (*Beija a mão de ARKADINA e depois a de NINA.*) Estou muito feliz em ver que está tão bem. (*Para ARKADINA*) Minha esposa me disse que a senhora pretende ir à cidade com ela hoje. É verdade?

ARKADINA

Sim, é o que planejei fazer.

SHAMRAIEV

Hum... isso é esplêndido, mas como pretende ir, senhora? Hoje estamos transportando centeio, e todos os homens estão ocupados. Que cavalos haveria de usar?

ARKADINA

Que cavalos? Como posso saber que cavalos estão à disposição?

SORIN

Ora, nós temos os cavalos da carruagem.

SHAMRAIEV

Os cavalos da carruagem! E onde vou encontrar arreios? Isso é surpreendente! Minha cara senhora, tenho o maior respeito por seus talentos e de bom grado sacrificaria dez anos de minha vida pela senhora, mas não tenho cavalos para lhe ceder, hoje.

ARKADINA

Mas se eu tenho de ir à cidade? Que situação mais estranha!

SHAMRAIEV

Não sabe, senhora, o que é administrar uma fazenda.

ARKADINA

(*Numa explosão de raiva.*) Essa é uma velha história! Nesse caso, volto a Moscou hoje mesmo. Contrate uma carruagem para mim na aldeia, senão vou à estação a pé.

SHAMRAIEV

(*Perdendo a paciência.*) Nesse caso, eu me demito. Procurem outro administrador. (*Sai.*)

ARKADINA

Todo verão, a mesma coisa. Todo verão, sou insultada aqui. Nunca mais vou pôr os pés aqui.

(*Sai pela esquerda, na direção do cais. Em poucos minutos ela é vista entrando na casa, seguida por TRIGORIN, que carrega um balde e uma vara de pescar.*)

SORIN

(*Perdendo a paciência.*) Que diabos ele pretendia com esse desaforo? Quero todos os cavalos aqui de uma vez!

NINA

(*Para POLINA*) Como ele poderia recusar qualquer coisa à sra. Arkadina, famosa atriz? E não é mais importante qualquer desejo, até mesmo qualquer capricho dela do que todo o trabalho da fazenda? Isso é incrível!

POLINA

(*Em desespero.*) O que é que posso fazer? Ponha-se em meu lugar e me diga o que posso fazer.

SORIN

(*Para NINA*) Vamos procurar minha irmã, e todos vamos suplicar para que não vá embora. (*Olha na direção em que SHAMRAIEV saiu.*) Esse homem é insuportável; um tirano!

NINA

(*Evitando que ele se levante.*) Fique sentado, bem quieto. Vamos levá-lo até lá. (*Ela e MEDVIEDENKO empurram a cadeira de rodas.*) Isso é terrível!

SORIN

Sim, sim, é terrível, mas ele não vai se demitir. Vou ter uma conversa com ele logo mais. (*Eles saem, permanecendo apenas DORN e POLINA.*)

DORN

Como as pessoas são cansativas! Seu marido merecia ser expulso daqui a pontapés, mas tudo vai acabar com esse velho Sorin e a irmã pedindo perdão ao homem. É o que vai acontecer, verá!

POLINA

Mandou até os cavalos da carruagem para os campos. Esses desentendimentos ocorrem todos os dias. Se soubesse como isso me enerva! Isso me deixa doente. Veja como estou tremendo! Não consigo mais suportar os modos ásperos dele. (*Suplicando.*) Eugene, meu querido, meu amado, leve-me daqui! O tempo passa, já não somos jovens, vamos acabar com as decepções e

os fingimentos, mesmo que seja apenas no fim de nossas vidas.
(*Pausa*)

DORN

Estou com 55 anos. Agora é tarde demais para mudar de vida.

POLINA

Sei que me recusa porque há outras mulheres em sua vida e não pode acolher a todas. Compreendo. Perdoe-me... Bem sei que o estou aborrecendo.

(*NINA aparece perto da casa, colhendo flores.*)

DORN

Não, não é bem isso.

POLINA

Sou torturada pelo ciúme. Claro, o senhor é médico e não pode evitar as mulheres. Compreendo.

DORN

(*A NINA, que vem em sua direção.*) Como vão as coisas lá dentro?

NINA

A sra. Arkadina está chorando e Sorin está com uma crise de asma.

DORN

Vou dar um pouco de chá de camomila para os dois.

NINA

(*Entrega-lhe as flores.*) Algumas flores para o senhor.

DORN

Muito obrigado. (*Entra na casa.*)

POLINA

(*Seguindo-o.*) **Que lindas flores!** (*Quando chegam em casa, ela diz em voz baixa.*) **Dê-me essas flores! Dê-me essas flores!**

(*DORN lhe entrega as flores e ela as despedaça e as joga ao chão; os dois entram na casa.*)

NINA

(*Sozinha*) **Que estranho ver uma atriz famosa chorando, e por uma bagatela! Não é estranho, também, que um famoso escritor fique sentado o dia todo pescando? É ídolo do público, aparece em todos os jornais, seu retrato é vendido em toda parte, suas obras foram traduzidas em várias línguas estrangeiras e, no entanto, fica radiante se conseguir apanhar dois peixinhos. Sempre achei que pessoas famosas eram inacessíveis e orgulhosas; pensava que desprezavam a multidão comum, que exalta a riqueza e o berço, e se vingavam dela deslumbrando-a com a honra e a glória inextinguíveis de sua fama. Mas aqui os vejo chorando, jogando cartas e se apaixonando como qualquer um.**

(*TREPLIEV entra sem chapéu, carregando uma arma e uma gaivota morta.*)

TREPLIEV

Está sozinha?

NINA

Sim.

(*TREPLIEV coloca a gaivota aos pés dela.*)

NINA

O que significa isso?

TREPLIEV

Hoje fui suficientemente infame para chegar a matar esta gaivota. Eu a deponho a seus pés.

NINA

O que está acontecendo? (*Apanha a gaivota e a contempla.*)

TREPLIEV

(*Após uma pausa.*) Dentro em breve, vou acabar com minha vida da mesma maneira.

NINA

Você mudou de tal forma que não consigo reconhecê-lo.

TREPLIEV

Sim, mudei desde o momento em que passei a não reconhecê-la. Você não é mais a mesma; seu olhar é frio; minha presença a deixa sem jeito.

NINA

Você se tornou tão irritadiço ultimamente e fala de modo tão confuso, como se fosse por símbolos, que deve me perdoar se eu deixar de segui-lo. Eu sou simples demais para conseguir compreendê-lo.

TREPLIEV

Tudo isso começou quando minha peça fracassou de forma tão desanimadora. Uma mulher nunca perdoa o fracasso. Queimei o manuscrito até a última página. Oh, se você pudesse apenas imaginar minha infelicidade! Seu distanciamento é terrível para mim, é incrível; é como se eu tivesse acordado de repente para descobrir que este lago secou e que a terra o engoliu. Você diz que é simples demais para me compreender; mas, oh!, o que há para compreender aqui? Não gostou de minha peça, não põe fé em minha inspiração, já pensa em mim como um sujeito qualquer e inútil, como muitos o são. (*Batendo o pé.*) Entendo muito bem seus sentimentos, e como os entendo! E essa compreensão é para mim como uma adaga no cérebro. Que seja maldita, junto com a minha estupidez, que suga meu sangue como uma cobra! (*Avista TRIGORIN, que se aproxima lendo um livro.*) Aí vem um verdadeiro gênio, caminhando como outro Hamlet, e com um livro nas mãos. (*Zombeteiramente.*) "Palavras, palavras, palavras..." Você já sente o calor desse sol, sorri, seus olhos se derretem e brilham como um líquido ao calor de seus raios. Não vou mais incomodá-la. (*Sai.*)

TRIGORIN

(*Fazendo anotações no livro.*) Aspira rapé e bebe vodca; sempre se veste de preto. O professor está apaixonado por ela...

NINA

Como vai?

TRIGORIN

Como está, srta. Nina? Por causa de circunstâncias imprevistas, parece que vamos deixar este local hoje. É pouco provável que nós dois voltemos a nos ver, o que é uma pena. Raramente encontro uma moça jovem e bonita. Mal consigo me lembrar como é ter 19 anos, e figuras femininas de meus livros raramente são personagens vivas. Gostaria de estar em seu lugar, nem que fosse só por uma hora, para olhar o mundo com seus olhos e, assim, descobrir que tipo de pessoa a senhorita é.

NINA

E eu gostaria de estar em seu lugar.

TRIGORIN

Para quê?

NINA

Para descobrir como se sente um escritor famoso. Como é ser famoso? Que sensações isso lhe dá?

TRIGORIN

Que sensações? Acho que nenhuma. (*Pensando um pouco.*) Ou está exagerando minha fama ou então, se ela existe, tudo o que posso dizer é que simplesmente não se sente fama de forma alguma.

NINA

Mas quando lê o que os jornais escrevem a seu respeito?

TRIGORIN

Se os críticos me elogiam, fico feliz; se me condenam, fico indisposto por uns dois dias.

NINA

Esse é um mundo maravilhoso. Se soubesse como o invejo! Os homens nascem com destinos diferentes. Alguns arrastam estupidamente uma vida cansativa e inútil atrás de si, perdidos na multidão, infelizes, enquanto para um, entre milhões, como o senhor, por exemplo, o destino lhe concede uma vida interessante e significativa. O senhor foi bafejado pela sorte.

TRIGORIN

Eu, um homem de sorte? (*Dá de ombros.*) Hum... fala de fama, de felicidade, de destinos brilhantes, e essas belas palavras significam tanto para mim – perdoe-me dizer isso – quanto doces, que nunca como. A senhorita é muito jovem e muito gentil.

NINA

Sua vida é maravilhosa.

TRIGORIN

Não vejo nada de especialmente adorável nela. (*Olha o relógio.*) Desculpe-me, devo ir imediatamente e recomeçar a escrever. Ando sempre com pressa. (*Ri.*) Pisou em meu calo de estimação, como se diz, e estou ficando agitado e até um pouco zangado. Vamos falar de minha vida brilhante e risonha, no entanto. (*Depois de alguns momentos de reflexão.*) Obsessões violentas às vezes se apoderam de um homem: ele pode, por exemplo, pensar dia e noite em nada além da lua. Eu tenho essa lua. Dia e noite sou dominado por um pensamento obsessivo: escrever, escrever, escrever! Mal acabo um livro, algo me incita a escrever outro, depois um terceiro e depois um quarto... escrevo incessantemente. Estou, por assim dizer, numa esteira. Corro para sempre de uma história para outra e não consigo me deter. Vê alguma coisa brilhante e bonita nisso? Oh, é uma vida selvagem! Mesmo agora, emocionado como estou ao falar com a senhorita, não esqueço por um instante que uma história inacabada me espera. Meu olho cai naquela nuvem ali, que tem a forma de um piano de cauda. Arquivo imediatamente essa imagem na mente e penso que devo me lembrar de mencionar em minha história uma nuvem flutuando que parecia um piano de cauda. Sinto o perfume de heliotrópio. Murmuro para mim mesmo: um cheiro detestável, a cor usada pelas viúvas e, portanto, devo me lembrar disso ao descrever uma noite de verão. Percebo uma ideia em cada frase sua ou minha, e apresso-me a trancar todos esses tesouros em meu depósito literário, pensando que algum dia eles podem me ser úteis. Assim que paro de trabalhar, corro para o teatro ou vou pescar, na esperança de esquecer tudo, mas não! Algum novo assunto para uma história com certeza virá rolando por meu cérebro como uma bala de canhão. Parece que minha mesa me chama e tenho de voltar a ela e começar a escrever, escrever, escrever, mais uma vez. E assim para sempre. Não posso escapar de mim mesmo, embora sinta que estou consumindo minha vida. Para preparar o mel com que alimento multidões desconhecidas estou condenado a colher o botão de minhas mais belas flores, a arrancá-las de seus caules e a pisar nas raízes que as geraram. E então, não sou um louco? Não devo ser tratado por aqueles que me conhecem como um doente mental? Sim, é sempre a mesma, a mesma velha história, até que começo a pensar que todos esses elogios e admiração devem ser um engano, que estou sendo iludido porque sabem que sou louco e, às vezes, tremo de medo de ser atacado pelas costas, de ser agarrado por trás e levado para um manicômio. Os melhores anos de minha juventude foram transformados numa contínua agonia por causa de meus escritos. Um escritor novato, especialmente se a princípio não tiver sucesso, sente-se um desastrado, um desajeitado e supérfluo no mundo. Seus nervos estraçalhados se mantêm sob constante tensão, mas se sente irresistivelmente atraído pelas pessoas ligadas à literatura e às artes, circulando entre elas como um desconhecido, sem ser notado, temendo olhá-las de frente, como um homem viciado em jogo, que está sem dinheiro. Não conhecia meus leitores, mas por alguma razão imaginava que eram desconfiados e hostis; tinha um medo mortal do público e, quando minha primeira peça apareceu, parecia-me que todos os olhos escuros da plateia a olhavam com inimizade e todos os olhos azuis com fria indiferença. Oh! Como isso é terrível! Que agonia!

NINA

Mas sua inspiração e sua criação não lhe proporcionam momentos de grande felicidade?

TRIGORIN

Sim. Escrever é um prazer para mim, assim como ler as provas, mas assim que um livro é lançado, logo passo a detestá-lo, pois não é o que eu pretendia que fosse. Errei ao escrevê-lo. Fico angustiado e desanimado. Então o público o lê e diz: "Sim, é inteligente e interessante, mas como está longe de um de Tolstoi" ou "É uma coisa adorável, mas não tão bom quanto *Pais e filhos*, de Turgueniev"[11]; e assim sempre será. Até o dia de minha morte, ouvirei as pessoas dizer: "Inteligente e interessante, inteligente e interessante" e nada mais. E quando eu morrer, aqueles que me conheceram dirão, ao passar por meu túmulo: "Aqui jaz Trigorin, um escritor inteligente, mas não era tão bom quanto Turgueniev".

---

11 Ivan Sergueievitch Turgueniev (1818-1883), romancista, poeta, contista e dramaturgo russo. (N.T.)

NINA

Deve me desculpar, mas recuso-me a concordar com o que está falando. O fato é que ficou mal acostumado com o sucesso.

TRIGORIN

Que sucesso é que eu tive? Nunca fui do meu agrado; nem gosto de mim mesmo como escritor. O problema é que fico como que anestesiado, entorpecido e muitas vezes mal sei o que estou escrevendo. Eu adoro este lago, estas árvores, o céu azul; a voz da natureza fala comigo e desperta um sentimento de paixão em meu coração, e sou dominado por um desejo incontrolável de escrever. Mas não sou apenas um pintor de paisagens, sou também um cidadão. Amo meu país e seu povo. Sinto que, como escritor, é meu dever falar de suas tristezas, de seu futuro, também de ciência, dos direitos humanos e assim por diante. Assim, escrevo sobre todos os assuntos, e o público me persegue por todos os lados, às vezes com raiva, e corro e me esquivo como uma raposa com uma matilha de cães em seu encalço. Vejo que a vida e a ciência vão avançando diante de mim. Fui deixado para trás como um camponês que perdeu o trem numa estação e, finalmente, volto à conclusão de que tudo o que posso fazer é descrever paisagens, e que tudo o que tento, além disso, soa abominavelmente falso.

NINA

O senhor trabalha demais para chegar a perceber a importância de seus escritos. Ainda que esteja insatisfeito consigo mesmo, para os outros, o senhor é grande e esplêndido. Se eu fosse uma escritora como o senhor, dedicaria toda a minha vida a serviço do povo russo, sabendo ao mesmo tempo que o bem-estar dele dependeria de seu poder de ascender às alturas que eu havia alcançado, e o povo haveria de me levar numa carruagem de triunfo.

TRIGORIN

Numa carruagem? Acha que sou Agamenon?[12] (*Os dois sorriem.*)

NINA

Pela felicidade de ser uma escritora ou atriz, eu suportaria a carência, a desilusão e o ódio de meus amigos e as dores de minha insatisfação comigo mesma; mas eu exigiria em troca fama, fama real e retumbante! (*Cobre o rosto com as mãos.*) Ufa! Minha cabeça gira!

A VOZ DE ARKADINA

(*De dentro de casa.*) **Boris! Boris!**

TRIGORIN

Ela está me chamando, provavelmente para fazer as malas, mas eu não quero deixar este lugar. (*Olha para o lago.*) Que bênção é essa beleza!

NINA

Está vendo aquela casa lá, na outra margem?

TRIGORIN

Sim.

---

12 Um dos comandantes dos exércitos gregos na Guerra de Troia, ocorrida provavelmente entre 1300 e 1200 antes de nossa era. (N.T.)

NINA

Era a casa de minha falecida mãe. Eu nasci lá e passei toda a minha vida junto deste lago. Conheço todas as suas ilhotas.

TRIGORIN

É um belo lugar para morar. (*Avista a gaivota morta.*) O que é isso?

NINA

Uma gaivota. Konstantin a matou.

TRIGORIN

Que pássaro adorável! Realmente, não suporto a ideia de ir embora daqui. Tente convencer Irina a ficar. (*Escreve algo em sua caderneta.*)

NINA

O que é que está escrevendo?

TRIGORIN

Nada demais, apenas uma ideia que me ocorreu. (*Guarda a caderneta no bolso.*) Uma ideia para um conto. Uma menina cresce nas margens de um lago, como a senhorita. Adora o lago como as gaivotas e é tão feliz e livre quanto elas. Mas um homem, que por acaso passa por ali, vê aquela jovem e acaba com ela, como aconteceu com essa gaivota. (*Pausa. ARKADINA aparece numa das janelas.*)

ARKADINA

Boris! Onde é que está?

TRIGORIN

Já estou indo.

(Ele vai em direção à casa, olhando para NINA. ARKADINA permanece na janela.)

TRIGORIN

O que é que há?

ARKADINA

Não vamos mais embora.

(TRIGORIN entra em casa. NINA entra em cena, perdida em seus pensamentos.)

NINA

É um sonho!

(Cai o pano.)

TERCEIRO ATO

(Sala de jantar da casa de SORIN. As portas se abrem para a direita e para a esquerda. Uma mesa no centro da sala. Baús e caixas se acumulam no chão, e os preparativos para a partida são evidentes. TRIGORIN está sentado à mesa, tomando seu café da manhã, e MASHA está de pé ao lado dele.)

MASHA

Estou lhe dizendo todas essas coisas porque o senhor escreve livros e elas podem lhe ser úteis. Digo-lhe com franqueza, não teria vivido mais um dia se ele tivesse se ferido mortalmente. Mas sou corajosa. Decidi arrancar esse meu amor de meu coração pela raiz.

TRIGORIN

Como vai fazer isso?

MASHA

Casando-me com Medviedenko.

TRIGORIN

O professor?

MASHA

Sim.

TRIGORIN

Não vejo a necessidade disso.

MASHA

Oh, se soubesse o que é amar sem esperança por anos a fio, esperar para sempre por algo que nunca vem! Não me casarei por amor, mas o casamento será pelo menos uma mudança e trará novas preocupações para apagar as lembranças do passado. Vamos tomar outra taça?

TRIGORIN

Já não bebeu bastante?

MASHA

Que nada! (*Enche uma taça.*) Não olhe para mim com essa expressão no rosto. As mulheres bebem com mais frequência do que imagina, mas a maioria delas o faz em segredo e não abertamente, como eu. Sim, é verdade, e é sempre vodca ou conhaque. (*Brindam.*) À sua saúde! O senhor é um homem tão aberto e sincero que lamento vê-lo partir.

(*Bebem.*)

TRIGORIN

E eu lamento ter de partir.

MASHA

Peça a ela para ficar.

TRIGORIN

Ela não faria isso agora. O filho tem se comportado de forma ultrajante. Primeiro, ele tentou o suicídio e agora ouvi dizer que pretende me desafiar num duelo, embora eu não consiga imaginar o porquê dessa provocação. Está sempre mal-humorado, sarcástico, pregando novas formas de arte, como se o campo da arte não fosse suficientemente grande para acomodar o antigo e o novo sem a necessidade de atritos.

MASHA

É ciúme. Mas isso não é de minha conta. (*Pausa. IAKOV atravessa o palco carregando uma mala; NINA para junto da janela.*) Meu professor não é muito brilhante, mas é um homem muito bom e pobre, e gosta muito de mim. Tenho pena dele. Mas gostaria de dizer adeus e desejar-lhe uma boa viagem. Lembre-se de mim em seus pensamentos. (*Aperta a mão dele.*) Obrigado por sua boa vontade. Envie-me seus livros e, sem falta, com dedicatória, nada formal, mas simplesmente isso: "Para Masha, que, esquecida de suas origens, por alguma razão desconhecida está vivendo neste mundo." Adeus. (*Sai*)

NINA

(*Estendendo a mão fechada a TRIGORIN.*) Par ou ímpar?

TRIGORIN

Par.

NINA

(*Com um suspiro.*) Não, é ímpar. Eu tinha apenas um grão de ervilha na mão. Queria saber se me tornaria atriz ou não. Se ao menos alguém me aconselhasse!

TRIGORIN

Não se pode dar conselhos num caso desses. (*Pausa*)

NINA

Em breve nos separaremos, talvez nunca mais nos encontremos. Gostaria que aceitasse essa pequena medalha como lembrança. Mandei gravar nela suas iniciais e deste lado está o título de um de seus livros: *Dias e Noites*...

TRIGORIN

Muito gentil de sua parte! (*Beija a medalha.*) É um belo presente...

NINA

Pense em mim, vez por outra.

TRIGORIN

Nunca vou esquecê-la. Sempre vou recordá-la como a vi naquele dia ensolarado – lembra? –, uma semana atrás, quando usava um vestido claro e conversávamos, e a gaivota branca jazia no banco ao nosso lado.

NINA

(*Perdida em pensamentos.*) Sim, a gaivota. (*Pausa*) Eu lhe peço que, antes de partir, me conceda mais dois minutos.

(*Sai pela esquerda; no mesmo momento, ARKADINA entra pela direita, seguida por SORIN, de casaco comprido, com as comendas no peito, e por IAKOV, que está ocupado com as malas.*)

ARKADINA

Fique em casa, pobre velho. Como poderia fazer visitas com esse seu reumatismo? (*Para TRIGORIN*) Quem saiu daqui agora? Foi Nina?

TRIGORIN

Sim.

ARKADINA

Perdão. Receio que nós o atrapalhamos. (*Senta-se.*) Acho que está tudo embalado. Estou exausta.

TRIGORIN

(*Lendo a inscrição na medalha.*) "Dias e Noites, página 121, linhas 11 e 12."

IAKOV

(*Limpando a mesa.*) Devo embalar suas varas de pescar também, senhor?

TRIGORIN

Sim, vou precisar delas, mas pode doar meus livros.

IAKOV

Muito bem, senhor.

TRIGORIN

(*Para si mesmo.*) Página 121, linhas 11 e 12. (*Para ARKADINA*) Por acaso, há algum livro meu aqui em casa?

ARKADINA

Sim, estão na biblioteca de meu irmão, no armário do canto.

TRIGORIN

Página 121... (*Sai.*)

SORIN

Vocês estão indo embora e eu vou ficar sozinho aqui.

ARKADINA

O que você faria na cidade?

SORIN

Oh, nada de especial, mas de alguma forma... (*Ri.*) Vão lançar a pedra fundamental do novo tribunal aqui. Gostaria, mesmo que fosse somente por algumas horas, de cair fora desta vida sem sentido. Estou cansado de ficar jogado aqui como um velho toco de cigarro. Mandei aprontar a carruagem para a 1 hora. Podemos partir todos juntos.

ARKADINA

(*Depois de uma pausa.*) Não, você deve ficar aqui. Não fique aborrecido e não apanhe um resfriado. Cuide de meu filho, cuide bem dele; dê-lhe bons conselhos, seja seu guia no bom caminho. (*Pausa*) Estou indo embora e, portanto, nunca vou descobrir porque Konstantin tentou se matar, mas acho que o principal motivo foi o ciúme, e quanto antes levar Trigorin embora, melhor.

SORIN

Havia... como posso lhe explicar?... outros motivos além do ciúme. Trata-se de um rapaz inteligente, vivendo nas profundezas da zona rural, sem dinheiro, sem emprego, sem futuro pela frente e sem nada para fazer. Tem vergonha e medo de ficar largado na ociosidade. Gosto muito dele e ele também é apegado a mim, mas, apesar disso, sente que é inútil aqui, que é pouco mais do que um dependente nesta casa. É sinal de orgulho, é natural.

ARKADINA

Para mim, ele é um problema sério! (*Pensativa*) Ele poderia entrar no exército.

SORIN

(*Dá um assobio e depois fala com hesitação.*) Parece-me que o melhor para ele seria se lhe desse um pouco de dinheiro. Por um lado, ele precisa se vestir como um ser humano, com decência. Olhe para ele! Usando o mesmo casaco velho há três anos e não tem sobretudo! (*Rindo*) E não faria mal ao rapaz ter suas pequenas aventuras da juventude, viajar ao exterior, por exemplo, por um tempo. Não haveria de custar tanto assim.

ARKADINA

Sim, mas... Acho que posso resolver o caso de suas roupas, mas não poderia lhe pagar uma viagem ao exterior. Aliás, acho que não posso nem resolver o problema das roupas agora. (*Decidida*) Não tenho dinheiro no momento.

(*SORIN ri.*)

Eu realmente não tenho dinheiro.

SORIN

(*Assobia*) Muito bem. Perdoe-me, querida; não fique zangada. Você é uma mulher nobre e generosa!

ARKADINA

(*Chorando*) Eu realmente não tenho dinheiro.

SORIN

Se eu tivesse algum dinheiro, é claro que eu mesmo o daria a ele, mas não tenho nem um centavo. O administrador da fazenda toma toda a minha pensão e a gasta na lavoura, no gado ou nas abelhas, e é desse modo que meu dinheiro sempre acaba. As abelhas morrem, as vacas morrem e não me deixam ter nem mesmo um cavalo.

ARKADINA

Claro que tenho algum dinheiro, mas sou atriz e só as despesas que tenho com as roupas me levam à beira da falência.

SORIN

Você é muito querida, eu a adoro, de verdade. Mas algo está acontecendo comigo novamente. (*Cambaleia*) Estou me sentindo tonto. (*Segura-se na mesa.*) Estou me sentindo mal.

ARKADINA

(*Assustada*) **Piotr!** (*Tenta ampará-lo.*) **Piotr, querido!** (*Grita*) Socorro! Socorro!

(*TREPLIEV e MEDVIEDENKO entram; TREPLIEV tem uma atadura na cabeça.*)

ARKADINA

Está passando mal!

SORIN

Estou bem. (*Sorri e bebe um pouco de água.*) Já passou.

TREPLIEV

(*Para sua mãe.*) Não se assuste, mãe, esses ataques não são perigosos; meu tio os tem com frequência. (*Para o tio.*) Deve deitar-se um pouco, tio.

SORIN

Sim, acho que vou, por alguns minutos. Mesmo assim, vou a Moscou, mas vou me deitar um pouco antes de partir. (*Sai, apoiando-se na bengala.*)

MEDVIEDENKO

(*Dando-lhe o braço.*) Conhece essa adivinha? De manhã anda com quatro pernas, ao meio-dia com duas e à tarde com três?

SORIN

(*Rindo*) Sim, exatamente, e de costas à noite. Obrigado, posso andar sozinho.

MEDVIEDENKO

Meu caro, deixe de cerimônia! (*Ele e SORIN saem.*)

ARKADINA

Ele me deu um susto horrível.

TREPLIEV

A vida no campo não faz bem a ele. Mãe, se você se dignasse ao menos a abrir sua bolsa e lhe emprestar mil rublos, ele poderia passar um ano inteiro na cidade.

ARKADINA

Não tenho dinheiro. Sou atriz e não banqueira. (*Pausa*)

TREPLIEV

Por favor, troque minhas ataduras; você faz isso de modo tão delicado.

(*ARKADINA vai até o armário e tira uma caixa de ataduras e um frasco de iodofórmio.*)

ARKADINA
O médico está atrasado.

TREPLIEV
Sim. Prometeu estar aqui às 9, e agora já é meio-dia.

ARKADINA
Sente-se. (*Tira a o curativo da cabeça do filho.*) Você parece estar de turbante. Um estranho que estava na cozinha ontem perguntou de que nacionalidade você é. A ferida está quase sarada. (*Beija a cabeça dele.*) Depois que eu partir, você não vai mais aprontar dessas travessuras idiotas, não é?

TREPLIEV
Não, mãe. Fiz isso num momento de desespero insano, quando havia perdido todo o controle sobre mim mesmo. Isso nunca vai acontecer de novo. (*Beija-lhe a mão.*) Você tem uma mão de ouro. Lembro-me de quando você ainda atuava no teatro do Estado, há muito tempo, quando eu ainda era um garotinho; um dia houve uma briga em nosso pátio e uma pobre lavadeira quase foi espancada até a morte. Ela foi levada dali inconsciente, e você cuidou dela até se recuperar, dava banho nos filhos dela numa tina. Você se esqueceu disso?

ARKADINA
Sim, totalmente. (*Coloca uma nova atadura.*)

TREPLIEV
Duas bailarinas moravam na mesma casa e costumavam vir tomar café com você.

ARKADINA

Disso eu me lembro.

TREPLIEV

Elas eram muito piedosas. (*Pausa*) Nesses últimos dias, amo-a de novo com ternura e confiança, como nos meus tempos de criança. Não me resta mais ninguém além de você. Por que, por que se deixa controlar tanto por aquele homem?

ARKADINA

Você não o entende, Konstantin. Ele tem uma personalidade maravilhosamente nobre.

TREPLIEV

Apesar disso, quando soube que desejava desafiá-lo para um duelo, sua nobreza não o impediu de bancar o covarde. Ele está prestes a bater em vergonhosa retirada.

ARKADINA

Que tolice! Eu mesma pedi a ele para ir embora daqui.

TREPLIEV

De fato, uma personalidade nobre! Aqui estamos quase brigando por causa dele, e ele provavelmente está no jardim rindo de nós neste exato momento, ou então influenciando a mente de Nina e tentando persuadi-la a pensar que ele é um gênio.

ARKADINA

Você gosta de me dizer coisas desagradáveis. Tenho o maior respeito por esse homem e peço que não fale mal dele em minha presença.

TREPLIEV

Eu não tenho nenhum respeito por ele. Você quer que eu o considere um gênio, mas me recuso a mentir: os livros dele me deixam doente.

ARKADINA

Você o inveja. Para as pessoas sem talento e de muita pretensão, nada mais resta senão criticar aqueles que são realmente talentosos. Triste consolo, espero que lhe sirva.

TREPLIEV

(*Com ironia.*) Aqueles que são realmente talentosos, de fato! (*Com raiva.*) Por falar nisso, eu sou mais inteligente do que qualquer um de vocês! (*Arranca a atadura da cabeça.*) Vocês são escravos da convenção, assumiram o controle e agora estabelecem como lei tudo o que fazem; oprimem e sufocam todo o resto. Recuso-me a aceitar seu ponto de vista, o seu e o dele! Eu me recuso!

ARKADINA

Conversa de decadente.

TREPLIEV

Volte para seu amado palco e represente aquelas maçantes peças que você tanto admira!

ARKADINA

Nunca atuei em peças desse tipo em minha vida. Você não conseguiria escrever nem mesmo a mais mísera das farsas, seu inútil, seu joão-ninguém!

TREPLIEV

Avarenta!

ARKADINA

Esfarrapado!

(*TREPLIEV se senta e começa a soluçar.*)

ARKADINA

(*Andando de um lado para outro, agitada.*) **Não chore! Não deve chorar!** (*Ela começa a chorar.*) **Você realmente não deve.** (*Beija-lhe a testa, as faces, a cabeça.*) **Meu filho querido, me perdoe. Perdoe esta mãe infeliz.**

TREPLIEV

(*Abraçando-a*) Oh, se pudesse saber o que é ter perdido tudo sob o céu! Ela não me ama. Vejo que nunca poderei escrever. Minhas esperanças se foram.

ARKADINA

Não se desespere. Tudo isso vai passar. Ele vai embora hoje e ela vai amar você de novo. (*Enxuga as lágrimas.*) **Pare de chorar. Já fizemos as pazes.**

TREPLIEV

(*Beijando-lhe a mão.*) **Sim, mãe.**

ARKADINA

(*Com ternura.*) **Faça as pazes com ele também. Não se bata em duelo com ele. Certamente não vai lutar, não é?**

TREPLIEV

Não vou, mas você não deve insistir para que eu volte a vê-lo, mãe, eu não suportaria. (*TRIGORIN entra.*) Aí está ele. Já vou indo. (*Guarda rapidamente os remédios no armário.*) O médico vai cuidar de meu ferimento.

TRIGORIN

(*Folheando um livro.*) Página 121, linhas 11 e 12; aqui está. (*Lê.*) "Se a qualquer momento você precisar de minha vida, venha e tome-a."

(*TREPLIEV recolhe as ataduras do chão e sai.*)

TRIGORIN

(*Para si mesmo.*) Se em algum momento você precisar de minha vida, venha e tome-a.

ARKADINA

Espero que suas coisas estejam todas embaladas.

TRIGORIN

(*Impaciente*) Sim, sim. (*Pensativo.*) Por que nesse clamor de uma alma pura ouço uma nota de tristeza que aperta meu coração? Se em algum momento você precisar de minha vida, venha e tome-a. (*Para ARKADINA*) Vamos ficar mais um dia aqui!

(*ARKADINA acena com um não, meneando a cabeça.*)

TRIGORIN

Vamos ficar!

ARKADINA

Eu sei, querido, o que o prende aqui, mas deve se controlar. Procure ficar sóbrio, suas emoções o embriagaram um pouco.

TRIGORIN

Seja sóbria você também. Seja sensata, considere tudo o aconteceu como uma verdadeira amiga o faria. (*Pegando-lhe a mão.*) Você é capaz de sacrifícios. Seja realmente amiga e me deixe livre!

ARKADINA

(*Sob forte emoção.*) Está tão apaixonado assim?

TRIGORIN

Sinto-me irresistivelmente atraído por ela. Pode ser que seja exatamente disso que preciso.

ARKADINA

O quê? O amor de uma garota do campo? Oh, como você se conhece pouco!

TRIGORIN

Às vezes, as pessoas sonham acordadas e assim me sinto agora, como se estivesse dormindo e sonhando com ela enquanto estou aqui conversando com você. Minha imaginação é invadida pelas visões mais doces e gloriosas. Deixe-me livre!

ARKADINA

(*Estremecendo.*) Não, não! Sou apenas uma mulher como as outras. Você não deve falar assim comigo. Não me atormente, Boris. Você me assusta.

TRIGORIN

Você poderia ser uma mulher extraordinária, se apenas quisesse. Só o amor pode trazer felicidade à terra, o amor encantador, o amor poético da juventude, que varre as tristezas do mundo. Não tive tempo para isso quando jovem e lutava contra a necessidade e sitiava a fortaleza literária, mas agora, finalmente, esse amor chega e me acena. Por que eu deveria fugir?

ARKADINA

(*Com raiva.*) Você está louco!

TRIGORIN

Deixe-me livre!

ARKADINA

Hoje, todos conspiraram para me torturar. (*Chora*)

TRIGORIN

(*Leva a mão à cabeça, desesperado.*) Ela não me entende! Não vai me entender!

ARKADINA

Será que já estou tão velha e feia que pode falar assim comigo, sem nenhuma vergonha, de outra mulher? (*Abraça-o e o beija.*) Ah, você perdeu o juízo! Meu esplêndido, meu glorioso amigo, meu amor por você é o último capítulo de minha vida. (*Cai de joelhos.*) Você é meu orgulho, minha alegria, minha luz. (*Abraça os joelhos dele.*) Eu nunca poderia suportar, se você me abandonasse, mesmo que apenas por uma hora; Eu enlouqueceria. Oh, meu maravilhoso, meu magnífico rei!

TRIGORIN

Alguém pode entrar. (*Ajuda-a a se levantar.*)

ARKADINA

Que entrem! Não tenho vergonha de meu amor. (*Beija-lhe as mãos.*) Meu tesouro! Meu desespero! Você quer fazer uma loucura, mas eu não vou deixar. Não vou deixar! (*Ri.*) Você é meu, só meu! Essa testa é minha, esses olhos são meus, esses cabelos sedosos são meus. Todo o seu ser é meu. Você é tão inteligente, tão sábio, o primeiro de todos os escritores vivos; você é a única esperança de seu país. Você é tão cheio de vida, tão simples, tão profundamente bem-humorado. Você pode revelar todas as características de um homem ou de uma paisagem numa única linha, e seus personagens têm vida! Você acha que essas palavras são apenas o incenso da bajulação? Você acha que não estou falando a verdade? Venha, olhe em meus olhos; olhe profundamente; encontra mentiras aí? Não, você vê que só eu sei lhe dar o verdadeiro valor. Só eu lhe digo a verdade. Oh!, meu querido, você vai comigo? Vai mesmo? Não vai me abandonar, não é?

TRIGORIN

Não tenho vontade própria. Nunca a tive. Sou muito indolente, muito submisso, muito fleumático para ter alguma. É possível que mulheres gostem disso? Leve-me! Leve-me embora daqui, mas não permita que me afaste um único passo de você.

ARKADINA

(*Para si mesma.*) **Agora ele é meu!** (*Descuidadamente, como se nada de incomum tivesse acontecido.*) Claro que você deve ficar aqui, se realmente quiser. Eu devo ir, e você pode partir dentro de uma semana. Sim, realmente, por que você deveria se apressar?

TRIGORIN

Vamos juntos.

ARKADINA

Como quiser. Vamos juntos, então. (*Pausa. TRIGORIN escreve algo na caderneta.*) O que está escrevendo?

TRIGORIN

Uma expressão feliz que ouvi esta manhã: "Bosque das virgens". Pode ser útil. (*Boceja.*) Então estamos realmente de partida novamente, condenados mais uma vez aos vagões de trem, às estações e restaurantes, aos bifes de hambúrguer e às discussões intermináveis!

(*SHAMRAIEV entra.*)

SHAMRAIEV

Lamento informar que sua carruagem já está à porta. Está na hora de partir, ilustre senhora. O trem chega às 2h05. A senhora poderia ter a gentileza de lembrar-se de se informar onde se encontra agora o ator Suzdaltzev? Será que ele ainda está vivo e bem de saúde? Passamos muitos momentos alegres juntos. Ele foi inimitável na peça *O correio roubado*. Lembro-me de que trabalhava, então, com Izmailov, o trágico, outro personagem notável. Não se apresse, senhora, ainda dispõe de cinco minutos. Os dois foram conspiradores uma vez, no mesmo melodrama, e uma noite, quando no decorrer da peça, foram descobertos de repente, em vez de dizer "Caímos numa armadilha", Izmailov gritou "Fomos desarmados!" (*Ri*) Desarmados!

(*Enquanto ele falava, IAKOV estava ocupado com as malas e a empregada entrega para ARKADINA o chapéu, o casaco, a sombrinha e as luvas. O cozinheiro olha hesitante pela porta à direita e finalmente entra na sala. Em seguida, entram POLINA e MEDVIEDENKO.*)

POLINA

(*Dando a ARKADINA uma pequena cesta.*) São algumas ameixas para a viagem. São bem doces. Se desejar mordiscar algo pelo caminho.

ARKADINA

A senhora é muito gentil, Polina.

POLINA

Adeus, minha querida. Se as coisas não têm corrido como gostaria, por favor, nos perdoe. (*Chora*)

ARKADINA

Foi delicioso, delicioso. Não precisa chorar.

(*SORIN entra pela porta à esquerda, vestido com um longo casaco com uma capa e carregando o chapéu e a bengala. Atravessa o palco.*)

SORIN

Venha, irmã, está na hora de partir, a menos que queira perder o trem. Já vou me acomodando na carruagem. (*Sai*)

MEDVIEDENKO

Já vou indo a pé até a estação para me despedir de vocês. (*Sai.*)

ARKADINA

Adeus a todos! Se estivermos vivos, nos encontraremos novamente no próximo verão. (*Para a criada. IAKOV e o cozinheiro lhe beijam a mão.*) Não se esqueçam de mim. (*Dá um rublo ao cozinheiro.*) Aqui está um rublo; é para vocês três.

O COZINHEIRO

Obrigado, senhora; desejo-lhe uma boa e agradável viagem.

IAKOV

Deus a acompanhe, senhora.

SHAMRAIEV

Mande-nos algumas linhas para nos animar. (*Para TRIGORIN*) Adeus, senhor!

ARKADINA

Onde está Konstantin? Digam-lhe que estou partindo. Tenho de me despedir dele. (*Para IAKOV*) Dei um rublo ao cozinheiro, mas é para vocês três.

(*Todos saem pela porta à direita. O palco permanece vazio. Ouvem-se sons de despedida. A empregada volta correndo para buscar o cesto de ameixas esquecido. TRIGORIN volta.*)

TRIGORIN

Esqueci a bengala. Acho que a deixei no terraço. (*Vai em direção à porta da direita e encontra NINA, que entra naquele momento.*) É a senhorita? Estamos de partida.

NINA

Eu sabia que deveríamos nos encontrar novamente. (*Com emoção.*) Cheguei a uma decisão irrevogável, a sorte está lançada: vou entrar para o teatro. Estou deixando meu pai e abandonando tudo. Vou começar uma nova vida. Estou indo, como você, para Moscou. Lá, nos encontraremos.

TRIGORIN

(*Olhando em volta.*) Vá para o Hotel Slavianski Bazar. Avise-me assim que chegar. Estarei na Casa Grosholski, na rua Moltchanofka. Preciso ir agora. (*Pausa*)

NINA

Só mais um minuto!

TRIGORIN

(*Em voz baixa.*) A senhorita é tão linda! Que felicidade pensar que voltarei a vê-lo em breve! (*Ela se reclina no peito dele.*) Verei novamente esses olhos divinos, esse sorriso maravilhoso, inefavelmente terno, esses traços afáveis com sua expressão de pureza angelical! Minha querida! (*Um beijo prolongado.*)

(Cai o pano.)

(Dois anos se passam entre o terceiro e o quarto atos.)

QUARTO ATO

(Uma sala de estar na casa de SORIN, que foi convertida em escritório para TREPLIEV. À direita e à esquerda estão as portas que conduzem aos quartos internos e, no centro, uma porta envidraçada que dá para um terraço. Além da mobília usual de uma sala de estar, há uma escrivaninha no canto direito. Há um sofá turco perto da porta, à esquerda, e prateleiras cheias de livros, encostadas nas paredes. Livros estão espalhados pelo peitoril das janelas e nas cadeiras. Já é noite. A sala é mal iluminada por um abajur sobre uma mesa. O vento geme na copa das árvores e assobia pela chaminé. Ouve-se o rumor do chocalho do guarda-noturno. MEDVIEDENKO e MASHA entram.)

MASHA

(*Chamando TREPLIEV.*) Sr. Konstantin, onde está? (*Olha em volta.*) Não há ninguém aqui. Seu velho tio está sempre perguntado por Konstantin e não pode viver sem ele um instante.

MEDVIEDENKO

Ele teme ser deixado sozinho. (*Ouvindo o vento.*) Que noite horrível! Essa tempestade já dura dois dias.

MASHA

(*Aviva a chama da lamparina.*) As ondas no lago são enormes.

MEDVIEDENKO

Está muito escuro no jardim. Acho que deveríamos desmontar aquele velho palco. Ainda está ali, nu e horrível como um esqueleto, com a cortina balançando ao vento. Pensei ter ouvido uma voz chorando quando passei lá ontem à noite.

MASHA

Que bobagem! (*Pausa*)

MEDVIEDENKO

Venha para casa comigo, Masha.

MASHA

(*Meneando a cabeça.*) Vou passar a noite aqui.

MEDVIEDENKO

(*Suplicando*) Venha, Masha. O bebê deve estar com fome.

MASHA

Bobagem, Matriona vai alimentá-lo. (*Pausa*)

MEDVIEDENKO

É uma pena deixá-lo três noites sem a mãe.

MASHA

Você está me aborrecendo. Antes você falava de outras coisas, mas agora é só a casa e o bebê, a casa e o bebê. Isso é tudo o que ando ouvindo de você agora.

MEDVIEDENKO

Vamos para casa, Masha.

MASHA

Pois bem, pode ir para casa, se quiser.

MEDVIEDENKO

Seu pai não vai me ceder um cavalo.

MASHA

Sim, vai; é só lhe pedir.

MEDVIEDENKO

Eu acho que vou. Você vai voltar para casa amanhã?

MASHA

Sim, sim, amanhã.

(Ela aspira rapé. TREPLIEV e POLINA entram. TREPLIEV está carregando alguns travesseiros e um cobertor, e POLINA está com lençóis e fronhas. Eles os colocam no sofá e TREPLIEV vai e se senta à escrivaninha.)

MASHA

Para quem é isso, mãe?

POLINA

O sr. Sorin pediu para dormir no quarto de Konstantin esta noite.

MASHA

Deixe-me fazer a cama.

(Arruma a cama. POLINA vai até a escrivaninha e olha os manuscritos que estão sobre ela. Pausa.)

MEDVIEDENKO

Bem, estou indo. Adeus, Masha. *(Beija a mão da esposa.)* Até logo, mãe. *(Tenta beijar a mão da sogra.)*

POLINA

(*Irritada*) Cai fora, em nome de Deus!

(*TREPLIEV aperta a mão dele em silêncio e MEDVIEDENKO sai.*)

POLINA

(*Olhando os manuscritos.*) Ninguém jamais sonhou, Konstantin, que um dia você se tornaria um verdadeiro escritor. As revistas lhe pagam bem por suas histórias. (*Acaricia os cabelos dele.*) Você se tornou um homem bonito também. Caro e gentil Konstantin, seja um pouco mais amável com minha Masha.

MASHA

(*Ainda arrumando a cama.*) Deixe-o em paz, mãe.

POLINA

Ela é uma moça muito meiga. (*Pausa*) Uma mulher, Konstantin, pede apenas um olhar carinhoso. Sei disso por experiência.

(*TREPLIEV se levanta da mesa e sai sem dizer uma palavra.*)

MASHA

Mais essa, agora! Você o irritou. Eu lhe disse para não incomodá-lo.

POLINA

Sinto muito por você, Masha.

MASHA

Como se me importasse de sua pena!

POLINA

Meu coração sofre por você. Vejo como andam as coisas e compreendo.

MASHA

Você vê o que não existe. Amor sem esperança só se encontra em romances. Bobagem. Tudo o que se tem de fazer é manter as rédeas curtas sobre si mesmo e manter a cabeça no lugar. O amor deve ser sufocado no momento em que surge no coração. Prometeram a meu marido uma escola em outro distrito e, quando tivermos deixado este lugar, vou esquecer tudo. Vou arrancar minha paixão pela raiz. (*As notas de uma valsa melancólica são ouvidas a distância.*)

POLINA

Konstantin está tocando. Isso quer dizer que está triste.

(*MASHA dança em silêncio alguns passos ao som da valsa.*)

MASHA

O principal, mãe, é não tê-lo continuamente à vista. Se meu Simon for transferido, em dois meses, tudo estará esquecido. É tudo bobagem.

(*DORN e MEDVIEDENKO entram pela porta à esquerda, empurrando SORIN numa cadeira de rodas.*)

MEDVIEDENKO

Agora tenho seis bocas para alimentar e a farinha está a 70 copeques.

DORN

Um problema difícil de resolver!

MEDVIEDENKO

É fácil para você fazer pouco caso. Tem dinheiro suficiente para jogar para as galinhas, se quiser.

DORN

Acha que sou rico? Meu amigo, depois de exercer a medicina por trinta anos, trabalhando sem descanso, dia e noite, consegui finalmente juntar mil rublos, que gastei, não faz muito tempo, numa viagem ao estrangeiro. Não tenho mais um centavo sequer.

MASHA

(*Para o marido.*) Então você não foi para casa, afinal?

MEDVIEDENKO

(*Desculpando-se*) Como posso ir para casa se não querem me ceder um cavalo?

MASHA

(*Em voz baixa, amargurada.*) Suma de minha vista!

(*SORIN, na cadeira de rodas, é empurrado para o lado esquerdo da sala. POLINA, MASHA e DORN sentam-se ao lado dele. Entristecido, MEDVIEDENKO se retira.*)

DORN

Quantas mudanças fizeram aqui! Transformaram a sala de estar em escritório.

MASHA

Konstantin gosta de trabalhar nessa sala, porque dela pode sair para o jardim para meditar, sempre que lhe apetecer. (*Ouve-se o chocalho do guarda-noturno.*)

SORIN

Onde está minha irmã?

DORN

Ela foi à estação para encontrar Trigorin. Logo estará de volta.

SORIN

Devo estar gravemente doente, se estão achando necessário mandar chamar minha irmã. (*Fica em silêncio por um momento.*) Que coisa estranha! Aqui estou gravemente doente e não me receita nenhum remédio.

DORN

O que devo receitar? Chá de camomila? Soda? Quinina?

SORIN

Não me venha com um de seus sermões, de novo. (*Aponta em direção do sofá.*) Essa cama foi preparada para mim?

POLINA

Sim, para o senhor.

SORIN

Obrigado!

DORN

(*Cantarola*) "*A lua desliza pelo céu esta noite.*"

SORIN

Vou dar uma sugestão a Konstantin para uma história. Teria o título de "O Homem que quis". Quando eu era jovem, desejei me tornar um escritor. Não consegui. Quis ser orador, mas falo de forma abominável (*Ri de si mesmo.*), com meu eterno "e tudo, e tudo", arrastando cada frase indefinidamente até que, às vezes, começo a suar frio. Quis me casar e não me casei. Sempre quis morar na cidade e aqui estou terminando meus dias no campo...

DORN

Desejava se tornar Conselheiro de Estado, e foi!

SORIN

(*Rindo*) Não procurei por isso, veio por conta própria.

DORN

Vamos lá, deve admitir que é deselegante criticar a vida aos 72 anos de idade.

SORIN

Que cabeça dura a sua! Não vê que eu quero viver?

DORN

Que futilidade! É lei da natureza que toda vida chegue um dia ao fim.

SORIN

Você fala como um homem que está farto da vida. Sua sede foi saciada e, portanto, fica tranquilo e indiferente. Mas até você teme a morte.

DORN

O temor da morte é um medo animal que deve ser superado. Somente aqueles que acreditam numa vida futura e tremem pelos pecados cometidos podem logicamente temer a morte; mas você, por um lado, não acredita numa vida após a morte e, por outro, não cometeu nenhum pecado. Trabalhou como conselheiro por 25 anos, apenas isso.

SORIN

(*Rindo*) Vinte e oito anos!

(*TREPLIEV entra, senta-se num banquinho aos pés de SORIN. MASHA não tira os olhos dele.*)

DORN

Estamos impedindo Konstantin de trabalhar.

TREPLIEV

De forma alguma. (*Pausa*)

MEDVIEDENKO

De todas as cidades que visitou no estrangeiro, doutor, de qual gostou mais?.

DORN

De Gênova.

TREPLIEV

Por que Gênova?

DORN

Porque há uma multidão esplêndida que se espalha pelas ruas. Quando sai do hotel à noite e se joga no coração dessa multidão, movendo-se com ela sem objetivo, levado de roldão para cá e para lá, a vida deles parece ser sua, a alma deles flui para a sua e passa a acreditar finalmente na existência de um grande espírito do mundo, como aquele em sua peça que Nina Zarietchnaya representou. A propósito, onde está Nina agora? Será que está bem?

TREPLIEV

Acredito que sim.

DORN

Ouvi dizer que estava levando uma vida um tanto estranha; o que aconteceu?

TREPLIEV

É uma longa história, doutor.

DORN

Conte-a em poucas palavras. (*Pausa*)

TREPLIEV

Fugiu de casa e se juntou com Trigorin, Sabe disso?

DORN

Sim.

TREPLIEV

Teve um filho, que morreu. Trigorin logo se cansou dela e voltou a seus antigos laços, como era de esperar. Na verdade, ele nunca rompeu totalmente seus vínculos anteriores, mas por fraqueza de caráter sempre vacilou entre os dois. Pelo que ouvi e pelo que posso entender, a vida pessoal de Nina foi um fracasso.

DORN

E quanto à atuação dela no teatro?

TREPLIEV

Acredito que foi ainda pior. Estreou no palco do Teatro de Verão, em Moscou, e depois fez uma turnê pelas cidades do interior. Naquela época, nunca a perdi de vista e, aonde quer que ela fosse, eu a seguia. Ela sempre tentou papéis importantes e difíceis, mas os representava de modo desengonçado e com mau gosto, além de fazer gestos exagerados e rudes. Às vezes, suas exclamações traduziam talento, simulava que estava agonizando com perfeição, mas eram apenas breves momentos.

DORN

Então ela tem realmente talento para atuar?

TREPLIEV

Eu nunca consegui entender. Acredito que ela tem. Eu a via, mas ela se recusava a me ver, e a criada dela nunca me deixava entrar nos aposentos dela. Respeitei seus sentimentos e não insisti num encontro. (*Pausa*) Que mais posso dizer? Ela às vezes me escreve, agora que voltei para casa, cartas tão inteligentes, simpáticas, cheias de calorosos sentimentos. Nunca reclama, mas posso dizer que está profundamente infeliz; cada linha me revela nervos tensos, à flor da pele. Tem uma estranha fantasia, pois sempre assina como "A gaivota". O moleiro em *Rusalka*[13] se autodenominava "O corvo"; também ela repetia, em todas as cartas, que era uma gaivota. Agora está aqui.

DORN

O que quer dizer com "aqui"?

TREPLIEV

Na aldeia, na estalagem. Já faz cinco dias. Deveria ter ido vê-la, mas ela se recusa a receber quem quer que seja. Masha também

---

13 Peça de Aleksandr Sergeievitch Pushkin (1799-1937), poeta e dramaturgo russo; o termo *rusalka* significa sereia, ninfa. (N.T.)

tentou, mas em vão. Alguém me disse que foi vista vagando pelos campos a uma milha daqui, ontem à noite.

MEDVIEDENKO

Sim, eu a vi. Estava se afastando daqui na direção da aldeia. Perguntei por que não tinha vindo nos ver. Ela disse que viria.

TREPLIEV

Mas não virá. (*Pausa*) O pai e a madrasta a rejeitaram. Puseram até guardas por toda a propriedade para mantê-la longe. (*Vai com o médico em direção à mesa.*) Como é fácil, doutor, ser um filósofo no papel, e como é difícil sê-lo na vida real!

SORIN

Era uma moça linda. Até o próprio Conselheiro de Estado se apaixonou por ela por um tempo.

DORN

Velho namorador.

(*Ouve-se a risada de SHAMRAIEV.*)

POLINA

Estão voltando da estação.

TREPLIEV

Sim, consigo ouvir a voz de minha mãe.

(*ARKADINA e TRIGORIN entram, seguidos por SHAMRAIEV.*)

SHAMRAIEV

Todos nós envelhecemos e definhamos, minha senhora, mas só a senhora, com seu vestido leve, seu espírito alegre e sua graça, guarda o segredo da eterna juventude.

ARKADINA

Você ainda está tentando virar minha cabeça, seu velho enfadonho.

TRIGORIN

(*Para SORIN*) Como vai você, Piotr? O quê? Ainda doente? Que coisa sem graça! (*Com evidente prazer, ao avistar MASHA.*) Como está, srta. Masha?

MASHA

Então me reconheceu? (*Aperta a mão dele.*)

TRIGORIN

Você se casou com ele?

MASHA

Faz muito tempo.

TRIGORIN

Está feliz agora? (*Curva-se para DORN e MEDVIEDENKO, e depois vai hesitante em direção a TREPLIEV.*) Sua mãe disse que você esqueceu o passado e não está mais com raiva de mim.

(*TREPLIEV lhe estende a mão.*)

ARKADINA

(*Para o filho.*) Aqui está uma revista que Boris trouxe para você com seu último conto.

TREPLIEV

(*Para TRIGORIN, ao pegar a revista.*) Muito obrigado; é muito gentil.

TRIGORIN

Todos os seus admiradores lhe mandam cumprimentos. Todos em Moscou e em São Petersburgo estão interessados em você e todos me perguntam a seu respeito. Chegam a me perguntam como você é, quantos anos tem, se é loiro ou moreno. Por alguma razão, todos pensam que você não é jovem e ninguém sabe seu verdadeiro nome, pois sempre escreve com um pseudônimo. É tão misterioso quanto o "Homem da máscara de ferro"[14].

TREPLIEV
Espera ficar aqui por muito tempo?

TRIGORIN
Não, devo voltar a Moscou amanhã. Estou terminando outro romance e, além disso, prometi algo para uma revista. Na verdade, é a velha história de sempre.

(*Durante a conversa, ARKADINA e POLINA colocaram uma mesa de jogo no centro da sala; SHAMRAIEV acende as velas e arruma as cadeiras, em seguida, retira uma caixa do jogo de loto do armário.*)

TRIGORIN
O tempo não me deu boas-vindas adequadas. O vento está terrível. Se amainar pela manhã, irei pescar no lago e darei uma olhada no jardim e no local – lembra-se? – onde sua peça foi encenada. Recordo-me muito bem da peça, mas gostaria de ver de novo onde foi montado o palco.

MASHA
(*Para o pai.*) Pai, por favor, ceda um cavalo a meu marido. Ele tem de voltar para casa.

SHAMRAIEV

---

14 Misterioso prisioneiro francês, assim chamado por usar sempre uma máscara de veludo preto; encarcerado em 1669 ou 1670, ficou na prisão até a morte e sua identidade nunca foi revelada; talvez fosse um filho ilegítimo do rei Luís XIV (1638-1715). O escritor Alexandre Dumas (1802-1870) explorou o fato no romance *Os três mosqueteiros*. (N.T.)

(*Com ironia.*) Um cavalo para ir para casa! (*Em tom severo.*) Você sabe que os cavalos acabaram de chegar da estação. Não posso cansá-los demais.

MASHA

Mas há outros cavalos. (*Vendo que seu pai permanece em silêncio.*) Você é impossível!

MEDVIEDENKO

Vou a pé, Masha.

POLINA

(*Com um suspiro.*) A pé com esse tempo? (*Senta-se à mesa de jogo.*) Vamos começar?

MEDVIEDENKO

São apenas seis milhas. Adeus. (*Beija a mão da esposa;*) Adeus, mãe. (*A sogra lhe dá a mão de má vontade.*) Eu não deveria ter incomodado todos vocês, mas o bebê... (*Curva-se para todos.*) Adeus. (*Sai com ar de desculpas.*)

SHAMRAIEV

Vai chegar em casa muito bem. Não é nenhum general.

POLINA

Venha, vamos começar. Não vamos perder tempo, em breve seremos chamados para jantar.

(*SHAMRAIEV, MASHA e DORN sentam-se à mesa.*)

ARKADINA

(*Para TRIGORIN*) Quando chegam as longas noites de outono, nós passamos o tempo aqui, jogando loto. Olhe para esse antigo conjunto; é o mesmo que nossa falecida mãe usava para jogar conosco quando éramos crianças. Não quer participar do jogo conosco até a hora do jantar? (*Ela e TRIGORIN sentam-se à mesa.*) É um jogo monótono, mas até que cai bem quando a gente se acostuma. (*Distribui três cartelas para cada jogador.*)

TREPLIEV
(*Folheando a revista.*) Ele leu o próprio conto, mas nem sequer abriu as páginas do meu.

(*Põe a revista sobre a mesa e vai em direção à porta à direita, parando ao passar por sua mãe para beijá-la.*)

ARKADINA
Você não vai jogar, Konstantin?

TREPLIEV
Não, desculpe-me, não estou com vontade. Vou dar uma volta pelos aposentos (*Sai.*)

MASHA
Tudo pronto? Vou começar: 22.

ARKADINA
Aqui está.

MASHA
Três.

DORN
Certo.

MASHA
Anotou três? Oito. Oitenta e um. Dez.

SHAMRAIEV
Mais devagar!

ARKADINA

Dá para acreditar? Ainda estou atordoada com a recepção que me deram em Kharkov.

MASHA

Trinta e quatro. (*Ouvem-se as notas de uma valsa melancólica.*)

ARKADINA

Os alunos me aplaudiram; me ofereceram três cestas de flores, uma coroa de flores e mais isso.

(*Tira um broche do peito e o coloca sobre a mesa.*)

SHAMRAIEV

Isso sim é uma coisa que vale a pena!

MASHA

Cinquenta.

DORN

Disse cinquenta?

ARKADINA

Eu usava um vestido perfeitamente magnífico; não sou tola quando se trata de roupas.

POLINA

Konstantin está tocando de novo; o pobre rapaz está triste.

SHAMRAIEV

Ele foi severamente criticado nos jornais.

MASHA

Setenta e sete.

ARKADINA

E por que ele dá atenção a isso?

TRIGORIN

Parece que não consegue fazer sucesso, não consegue encontrar o tom certo. Há uma estranha imprecisão em seus escritos que às vezes beira o delírio. Suas personagens não têm vida.

MASHA

Onze.

ARKADINA

Está aborrecido, Piotr? (*Pausa*) Está dormindo.

DORN

O Conselheiro está tirando uma soneca.

MASHA

Sete. Noventa.

TRIGORIN

Você acha que eu haveria de escrever se eu morasse num lugar como este, na margem desse lago? Nunca! Domaria essa paixão e dedicaria minha vida à pesca.

MASHA

Vinte e oito.

TRIGORIN

E se eu fisgasse uma perca ou um bagre, que felicidade a minha!

DORN

Ponho muita fé em Konstantin. Sei que há algo nele. Ele pensa em imagens; seus contos são vivos, coloridos e sempre me afetam profundamente. É uma pena que não tenha em vista objetivos definidos. Cria impressões e nada mais, e não se pode ir longe apenas com impressões. Está feliz, senhora, por ter um filho escritor?

ARKADINA

Veja só, nunca li nada dele. Nunca tenho tempo.

MASHA

Vinte e seis.

(*TREPLIEV entra em silêncio e se senta à sua escrivaninha.*)

SHAMRAIEV

(*Para TRIGORIN*) Senhor, temos algo aqui que lhe pertence.

TRIGORIN

O que é?

SHAMRAIEV

Quando, algum tempo atrás, Konstantin matou aquela gaivota, o senhor me encarregou de empalhá-la.

TRIGORIN

Eu pedi isso? (*Pensativo.*) Não me recordo.

MASHA

Sessenta e um. Um.

(*TREPLIEV abre a janela de par em par e fica escutando.*)

TREPLIEV

Que noite escura! Não sei o que é que me deixa tão inquieto.

ARKADINA

Feche a janela, Konstantin! Há uma corrente de ar aqui.

(TREPLIEV *fecha a janela.*)

MASHA

Noventa e oito.

TRIGORIN

Vejam só, completei minha cartela!

ARKADINA

(*Alegre.*) Bravo! Bravo!

SHAMRAIEV

Bravo!

ARKADINA

Aonde quer que vá e faça o que fizer, esse homem sempre tem sorte. (*Levanta-se*) E agora, vamos jantar. Nosso famoso convidado não jantou hoje. Podemos continuar nosso jogo mais tarde. (*Para o filho.*) Venha, Konstantin, deixe seus escritos e venha jantar.

TREPLIEV

Não quero comer nada, mãe. Não estou com fome.

ARKADINA

Como quiser. (*Acorda SORIN.*) Venha jantar, Piotr. (*Pega no braço de SHAMRAIEV.*) Vou lhe contar a recepção que tive em Kharkov.

(*POLINA apaga as velas da mesa, então ela e DORN empurram a cadeira de SORIN para fora da sala, e todos saem pela porta à esquerda, exceto TREPLIEV, que fica sozinho. TREPLIEV se prepara para escrever. Ele passa os olhos pelo que já escreveu.*)

TREPLIEV

Tenho falado muito sobre novas formas de arte, mas sinto que estou gradualmente caindo na trilha batida. (*Lê*) "O cartaz no muro proclamava... um rosto pálido emoldurado de cabelos escuros"... proclamava, emoldurado... isso não é nada bom. (*Risca o que escreveu.*) Devo começar de novo do lugar onde meu herói foi acordado pelo barulho da chuva, mas vou cancelar o que se segue. Essa descrição de uma noite de luar é longa e artificial. Trigorin elaborou um processo próprio e as descrições são fáceis para ele. Em seu texto, o gargalo de uma garrafa quebrada caída na margem da lagoa brilhava ao luar e as sombras negras pousavam sob a roda do moinho. Aí já se tem uma noite de luar diante dos olhos, mas eu falo da luz bruxuleante, das estrelas cintilantes, dos sons distantes de um piano ondulando no ar silente e perfumado, e o resultado é abominável. (*Pausa*) Pois é, cada vez mais me convenço de que a boa literatura não é uma questão de formas novas ou velhas, mas de ideias que devem fluir livremente do coração do autor, sem ter de forçar a cabeça em prol de novas formas. (*Ouve-se uma batida na janela mais próxima* da mesa.) O que foi isso? (*Olha pela janela.*) Não consigo ver nada. (*Abre a porta envidraçada e olha para o jardim.*) Ouvi alguém descer correndo a escada. (*Chama*) Quem está aí? (*Sai e é ouvido caminhando rapidamente ao longo do terraço. Em alguns minutos ele volta com NINA ZARIETCHNAYA.*) Oh, Nina, Nina!

(*NINA reclina a cabeça no peito de TREPLIEV e abafa os soluços.*)

TREPLIEV

(*Profundamente comovido.*) Nina, Nina! É você... você! Eu pressenti que viria; passei o dia todo com o coração ansiando por você. (*Tira a capa e o chapéu dela.*) Minha querida, minha bem-amada voltou para mim! Não devemos chorar, não devemos chorar.

NINA

Há alguém aqui.

TREPLIEV

Não há ninguém aqui.

NINA

Tranque a porta, alguém pode entrar.

TREPLIEV

Ninguém vai entrar.

NINA

Eu sei que sua mãe está aqui. Tranque a porta.

(*TREPLIEV tranca a porta à direita e volta para NINA.*)

TREPLIEV

Essa não tem fechadura. Vou colocar uma cadeira contra ela. (*Encosta uma poltrona na porta.*) Não se assuste, ninguém vai entrar.

NINA

(*Olhando atentamente no rosto dele.*) Deixe-me olhar para você. (*Olha em volta dela.*) É quente e confortável aqui. Essa era uma sala de estar. Eu mudei muito?

TREPLIEV

Sim, você emagreceu e seus olhos estão maiores do que antes. Nina, que estranho vê-la! Por que não quis me receber na casa em que estava? Por que não veio antes? Você está aqui há quase uma semana, eu sei. Fui várias vezes por dia ao lugar onde está hospedada e fiquei como um pedinte debaixo de sua janela.

NINA

Tive medo de que você pudesse me odiar. Sonho todas as noites que você me olha sem me reconhecer. Tenho vagado pelas margens do lago desde que voltei. Muitas vezes estive perto de sua casa, mas nunca tive coragem de entrar. Vamos nos sentar. (*Sentam-se*) Vamos sentar e conversar de coração aberto. Aqui é bem quieto e quente. Ouve-se o vento assobiando lá fora. Como diz Turgueniev: "Feliz é aquele que pode sentar-se à noite sob o teto de sua casa, que tem um canto aconchegante para se refugiar". Eu sou uma gaivota... e ainda... não... (*Passa a mão na testa.*) O que eu estava dizendo? Oh, sim, Turgueniev. Ele diz: "e Deus ajude todos os errantes sem casa". (*Soluça*)

TREPLIEV
Nina! Você está chorando de novo, Nina!

NINA
Está tudo bem. Vou me sentir melhor depois disso. Fazia dois anos que não chorava. Fui ao jardim ontem à noite para ver se nosso antigo teatro ainda estava de pé. Vejo que está. Chorei ali pela primeira vez em dois anos, meu coração ficou mais leve e minha alma voltou a ver com mais clareza. Veja, não estou chorando agora. (*Pega a mão dele.*) Então você é um escritor agora, e eu, uma atriz. Nós dois fomos sugados pelo redemoinho. Minha vida costumava ser tão feliz quanto a de uma criança; Costumava acordar cantando de manhã; Eu o amei e sonhei com a fama. E agora, qual é a realidade? Amanhã de manhã cedo devo partir para Ielets, de trem, num vagão de terceira classe, com muitos camponeses, e em Ielets os comerciantes instruídos vão me assediar com amabilidades e cumprimentos. É uma vida dura!

TREPLIEV
Por que está indo para Ielets?

NINA
Assinei um contrato com eles para o inverno. Está na hora de ir.

TREPLIEV
Nina, eu a amaldiçoei e a odiei, rasguei sua fotografia, mas sabia o tempo todo que meu coração e minha alma eram seus para

sempre. Deixar de amá-la está acima de minhas forças. Tenho sofrido continuamente desde o momento em que a perdi e comecei a escrever; mas minha vida tem sido quase insuportável. Minha juventude foi subitamente interrompida naquela época e agora parece que vivi neste mundo por noventa anos. Eu a chamei, beijei o chão em que você pisava; para onde quer que eu olhasse, via seu rosto diante de meus olhos e o sorriso que iluminou os melhores anos de minha vida.

NINA

(*Desesperada*) Por que, por que ele fala assim comigo?

TREPLIEV

Estou completamente sozinho, nenhum afeto me aquece. Sou tão frio como se vivesse numa caverna. Tudo o que escrevo é seco, sombrio e rude. Fique aqui, Nina, eu lhe suplico ou então permita que eu vá com você.

(*NINA põe rapidamente o chapéu e a capa.*)

TREPLIEV

Nina, por que faz isso? Pelo amor de Deus, Nina! (*Observa-a enquanto ela se veste. Pausa.*)

NINA

A carruagem está diante do portão. Não saia para se despedir de mim. Vou encontrar o caminho sozinha. (*Chorando*) Dê-me um pouco de água.

(*TREPLIEV lhe alcança um copo d'água.*)

TREPLIEV

Para onde vai?

NINA

Para a aldeia. Sua mãe está aqui?

TREPLIEV

Sim, meu tio adoeceu na quinta-feira e telegrafamos para que ela viesse.

NINA

Por que disse que beijou o chão em que pisei? Em vez disso, você deveria me matar. (*Inclina-se sobre a mesa.*) Estou tão cansada. Se eu pudesse apenas descansar... descansar. (*Levanta a cabeça.*) Eu sou uma gaivota... não... não, sou uma atriz. (*Ouve ARKADINA e TRIGORIN rindo ao longe, corre para a porta da esquerda e olha pelo buraco da fechadura.*) Ele também está aqui. (*Volta para TREPLIEV.*) Bem... não importa. Ele não acredita no teatro; costumava rir de meus sonhos, de modo que aos poucos fiquei desanimada e também deixei de acreditar neles. Depois vieram todos os percalços do amor, o contínuo temor por meu filho, e acabei me tornando trivial e sem ânimo, desempenhava meu papel sem convencer. Não sabia mais o que fazer com as mãos e não conseguia me postar direito em cena ou controlar minha voz. Não pode imaginar o estado de espírito de alguém que sabe, enquanto representa uma peça, como está atuando terrivelmente mal. Eu sou uma gaivota... não... não... não era isso que eu queria dizer. Você se lembra de como atirou numa gaivota uma vez? Um homem por acaso passou por ali e a destruiu por não ter o que fazer. Essa é uma ideia para um conto, mas não é o que eu quis dizer. (*Passa a mão na testa.*) O que eu estava dizendo? Ah, sim, falava do teatro. Agora sou bem outra. Agora sou uma verdadeira atriz. Atuo com alegria, com exaltação, fico inebriada no palco e me sinto soberba. Desde que cheguei aqui, tenho andado e andado, pensando e pensando, e sinto a força de meu espírito crescendo em mim dia após dia. Agora sei, finalmente compreendo, Konstantin, que para nós, quer escrevamos ou atuemos, o importante não é a honra e a glória com que sonhei, mas é a força para resistir. É preciso saber carregar a cruz e ter fé. Eu acredito, por isso não sofro tanto, e quando penso em minha vocação não temo a vida.

TREPLIEV

(*Triste*) Você encontrou seu caminho, você sabe para onde está indo, mas eu ainda estou tateando num caos de fantasmas e sonhos, sem saber a quem e para que fim tudo isso serve. Não acredito em nada e não sei qual é minha vocação.

NINA

(*Escutando*) Silêncio! Tenho de ir. Adeus. Quando me tornar uma atriz famosa, venha me ver representar. Promete? Mas agora... (*Pega a mão dele.*) é tarde. Eu mal consigo ficar de pé. Estou exausta e com fome.

TREPLIEV

Fique aqui, que lhe sirvo um jantar.

NINA

Não, não... e não saia, posso encontrar o caminho sozinha. Minha carruagem não está longe. Então ela o trouxe de volta com ela? Mas que diferença pode fazer para mim? Não diga nada a Trigorin quando o encontrar. Eu amo Trigorin... amo-o ainda mais que antes. É uma ideia para um conto. Eu o amo... eu o amo apaixonadamente... eu o amo desesperadamente. Você se esqueceu, Konstantin, de como os velhos tempos eram agradáveis? Que vida alegre, brilhante, amável e pura nós levamos? Como um sentimento doce e terno como uma flor floresceu em nossos corações? Você se lembra?... (*Recita*) "Todos os homens e feras, leões, águias e perdizes, veados galheiros, gansos, aranhas, peixes silenciosos que habitam sob as ondas, estrelas do mar e criaturas invisíveis... numa palavra, vida... tudo, toda a vida, tendo completado o sombrio ciclo, se extinguiram. Mil anos se passaram desde que a terra carregou pela última vez um ser vivo em seu seio e a lua infeliz agora acende seu farol em vão. Os gritos das cegonhas não são mais ouvidos nos prados ou o zumbido dos besouros nos bosques de tílias..."

(*Abraça TREPLIEV impetuosamente e corre para o terraço.*)

TREPLIEV

(*Depois de uma pausa.*) **Não seria muito bom que alguém a visse no jardim. Minha mãe ficaria amargurada.**

(*Em poucos minutos, rasga seus manuscritos e jogando-os debaixo da mesa, destranca a porta da direita e sai.*)

DORN

(*Tentando abrir a porta da esquerda.*) **Estranho! Esta porta parece estar trancada.** (*Entra e recoloca a poltrona no lugar.*) **Parece uma corrida de obstáculos.**

(*ARKADINA e POLINA entram, seguidas por IAKOV carregando algumas garrafas; então vêm MASHA, SHAMRAIEV e TRIGORIN.*)

ARKADINA

Coloque o vinho e a cerveja aqui, em cima da mesa, para bebermos enquanto jogamos. Sentem-se, amigos.

POLINA

(*Para IAKOV*) E traga o chá imediatamente.

(*Ela acende as velas e se senta à mesa de jogo. SHAMRAIEV leva TRIGORIN até o armário.*)

SHAMRAIEV

Aqui está a gaivota empalhada de que lhe falava. (*Retira a gaivota do armário.*) O senhor a encomendou.

TRIGORIN

(*Olhando para a ave.*) Não me lembro de nada disso, de nada. (*Ouve-se um tiro. Todos estremecem.*)

ARKADINA

(*Assustada*) O que foi isso?

DORN

Nada, nada; provavelmente um de meus frascos de remédio explodiu. Não se preocupe. (*Sai pela porta da direita e volta em poucos instantes.*) Era isso mesmo. Um frasco de éter explodiu. (*Cantarola.*) "Fascinado mais uma vez, estou diante de ti."

ARKADINA

(*Sentando-se à mesa.*) Céus! Fiquei realmente assustada. Esse ruído me lembrou de... (*Cobre o rosto com as mãos.*) Tudo escureceu diante de meus olhos.

DORN

(*Folheando uma revista, para TRIGORIN.*) Foi publicado, há dois meses, um artigo da América nessa revista sobre o qual queria lhe perguntar, entre outras coisas. (*Leva TRIGORIN para a frente do palco.*) Estou muito interessado nessa questão. (*Abaixa a voz e sussurra.*) Você deve levar embora daqui a sra. Arkadina; o que eu queria lhe dizer é que Konstantin se matou com um tiro na cabeça.

(*Cai o pano.*)

A BEIRA DA ESTRADA

UM ESTUDO DRAMÁTICO

PERSONAGENS

TIKHON EVSTIGNEIEV, proprietário de uma pousada na estrada geral;

BORTSOV, SEMION SERGUEIEVITCH um proprietário de terras arruinado;

MARIA EGOROVNA, sua esposa;

SAVVA, um peregrino idoso;

NAZAROVNA e **EFIMOVNA**, peregrinas;

FÉDIA, um trabalhador;

MERIK, EGOR, vagabundo;

KUSMA, cocheiro;

CARTEIRO;

COCHEIRO da mulher de Bortsov;

PEREGRINOS, NEGOCIANTES e outros.

A ação tem lugar numa das províncias do sul da Rússia.

À BEIRA DA ESTRADA

(*A cena se passa na estalagem de TIKHON. À direita está o balcão e prateleiras com garrafas. Na parte de trás, há uma porta que leva para fora da casa. Sobre ela, do lado de fora, pende uma lanterna vermelha suja. O chão e os bancos encostadas à parede são ocupados por peregrinos e transeuntes. Muitos deles, por falta de espaço, dormem sentados. É tarde da noite. À medida que a cortina se levanta, ouve-se um trovão e se vê um relâmpago através da porta.*)

(*TIKHON está atrás do balcão. FÉDIA está recostado num dos bancos e toca calmamente sanfona. Ao lado dele está BORTSOV, vestindo um surrado casaco de verão. SAVVA, NAZAROVNA e EFIMOVNA estão estendidos pelo chão junto aos bancos.*)

EFIMOVNA

(*Para NAZAROVNA*) Dê uma sacudida no velho! Não consigo obter nenhuma resposta dele.

NAZAROVNA

(*Levanta o canto de um pano que cobre o rosto de SAVVA.*) Você está vivo ou morto, meu santo homem?

SAVVA

Por que deveria estar morto? Estou vivo, mãezinha! (*Soergue-se, apoiado no cotovelo.*) Cubra meus pés, visto que sou santo! Isso. Um pouco mais à direita. Assim, mãe. Que Deus nos proteja.

NAZAROVNA

(*Envolvendo os pés de SAVVA.*) Durma, paizinho.

SAVVA

Como posso dormir? Se eu só tivesse paciência para suportar essa dor, mãezinha, nem precisava dormir. Um pecador não merece descanso. Que barulho é esse, peregrina?

NAZAROVNA

Deus está nos mandando uma tempestade. O vento está uivando e a chuva está caindo; cai por todo o telhado e bate nas janelas como ervilhas secas. Está ouvindo? As portas do céu estão abertas... (*Trovão*) Santo, santo, santo...

FÉDIA

Ruge, troveja e se enfurece, parece não ter fim! Huuu... é como o barulho de uma floresta... Huuu... O vento está uivando como um cão... (*Recolhendo-se*) Está frio! Minhas roupas estão molhadas, está entrando de tudo pela porta escancarada... poderia pedir para me passar num espremedor... (*Toca baixinho.*) Minha sanfona está úmida, então não vai haver música para vocês, meus irmãos ortodoxos, caso contrário, iria dar-lhes um concerto, palavra de honra! Algo maravilhoso! Posso tocar uma quadrilha ou uma polca, se quiserem, ou uma música de dança russa para dois... Posso tocar tudo isso. Na cidade, onde eu era atendente do Grand Hotel, não conseguia ganhar dinheiro, mas fazia maravilhas com minha sanfona. E sei tocar guitarra também.

UMA VOZ DO CANTO

Que discurso tolo de um idiota.

FÉDIA

Mas é justamente um idiota que estou ouvindo. (*Pausa*)

NAZAROVNA

(*Para SAVVA*) Por que não se deita onde está mais quente, meu velho, e aquece os pés? (*Pausa*) Velho! Homem de Deus! (*Sacode SAVVA.*) Vai morrer?

FÉDIA

Devia tomar um pouco de vodca, vovô. Beba, que vai queimar, queimar no estômago, mas vai aquecer o coração. Beba, vamos!

NAZAROVNA

Não fique aí se gabando, jovem! Talvez o velho esteja devolvendo a alma a Deus ou se arrependendo dos pecados, e você vem falar desse jeito e tocar sanfona... Largue isso! Não tem vergonha?

FÉDIA

E por que o está importunando? Ele não pode fazer nada, e você... com sua conversa de mulher velha... Ele não pode dizer uma palavra em resposta, e você está feliz, feliz porque ele escuta suas bobagens... Continue dormindo, vovô; não ligue para ela! Deixe-a falar, não lhe dê atenção. A língua da mulher é a vassoura do diabo... varre de casa o homem bom e sensato. Não lhe dê atenção... (*Acena com as mãos.*) Mas como você está magro, irmão! Horrível! Parece um esqueleto! Está sem vida! Está realmente morrendo, vovô?

SAVVA

Por que deveria morrer? Livre-me, ó Senhor, de morrer em vão... Vou sofrer um pouco e depois vou me levantar com a ajuda de Deus... A Mãe de Deus não vai me deixar morrer em terra estranha... Vou morrer em casa.

FÉDIA

Você é de longe?

SAVVA

De Vologda. Dessa cidade... Moro lá.

FÉDIA

E onde fica essa Vologda?

TIKHON

Do outro lado de Moscou...

FÉDIA

Oi, oi, oi... Percorreu um longo caminho, meu velho! E a pé?

SAVVA

A pé, meu jovem. Estive em Tikhon do Don, e vou para os Montes Santos.[1] De lá, se Deus quiser, para Odessa... Dizem que de lá se pode chegar a Jerusalém por um preço bem em conta, por 21 rublos; é o que dizem...

---

1 Na região de Donetz, a sudeste de Kharkov, um mosteiro contendo um ícone milagroso. (Nota da edição inglesa)

FÉDIA

E já esteve em Moscou?

SAVVA

Poucas vezes! Cinco...

FÉDIA

É uma boa cidade? (*Fuma*) Vale a pena?

SAVVA

Há muitos lugares santos em Moscou, meu jovem... Onde há muitos lugares santos, é sempre uma boa cidade...

BORTSOV

(*Vai até o balcão, para TIKHON.*) Mais uma dose, por favor! Pelo amor de Cristo!

FÉDIA

O mais importante numa cidade é a limpeza. Se estiver empoeirada, deve-se jogar água; se estiver suja, deve-se dar um jeito de limpá-la. As casas devem ser grandes... deve haver um teatro... polícia... carruagens de aluguel, que... eu mesmo morei numa cidade, eu sei.

BORTSOV

Só um copinho. Vou lhe pagar mais tarde.

TIKHON

Já bebeu demais!

BORTSOV

Por favor, suplico! Seja gentil comigo!

TIKHON

Cai fora!

BORTSOV

Você não me entende... Tente me entender, seu tolo, se há uma gota de cérebro nessa sua cabeça dura de camponês. Não sou eu que estou pedindo, mas meu íntimo, tanto para usar as palavras que você entende, meu íntimo é que está pedindo! Minha doença é que está pedindo! Entenda!

TIKHON

Aqui não entendemos nada... Afaste-se do balcão!

BORTSOV

Porque, se eu não beber logo, tente entender isso, se eu não satisfizer minhas necessidades, posso cometer um crime. Só Deus sabe o que eu poderia fazer! Em todo o tempo que tem esse local, seu patife, não viu muitos bêbados e ainda não entendeu o que são? São doentes! Pode fazer o que quiser com eles, mas deve lhes servir vodca! Bem, agora, suplico! Por favor, humildemente lhe peço! Só Deus sabe com que humildade estou lhe pedindo!

TIKHON

Pague e terá sua vodca.

BORTSOV

Onde é que vou conseguir dinheiro? Já o bebi todo! Até o último centavo! O que posso lhe dar? Só tenho esse casaco, mas não posso me desfazer dele. Não tenho nada por baixo... Quer meu gorro? (*Tira-o e o dá a TIKHON.*)

TIKHON

(*Examina-o*) Hum... Há gorros de todos os tipos... Mas esse parece uma peneira de tantos buracos que tem...

FÉDIA

(*Ri*) Um gorro de cavalheiro! Tem de tirá-lo diante das senhoritas. Como vai? Adeus! Como está?

TIKHON

(*Devolve o gorro a BORTSOV.*) Nem de presente o quero. É um lixo!

BORTSOV

Se não gosta, então permita que eu fique lhe devendo a bebida! Vou pagar seus 5 copeques quando voltar da cidade. Pode guardá-lo e se engasgar com ele! Sufocar-se! Espero que se atravesse em sua garganta! (*Tosse*) Eu o odeio!

TIKHON

(*Dando um soco no balcão.*) Não pode parar com isso? Que homem! O que é que veio fazer aqui, seu caloteiro?

BORTSOV

Quero um trago! Não sou eu, é minha doença! Entenda isso!

TIKHON

Não me faça perder a paciência ou logo estará fora daqui!

BORTSOV

O que é que vou fazer? (*Retira-se do balcão.*) O que é que vou fazer? (*Pensativo*)

EFIMOVNA

É o diabo que o está atormentando. Não se importe com ele, senhor. O maldito continua sussurrando: "Beba! Beba!" E você deve lhe responder: "Não vou beber! Não vou beber!" E ele então vai embora.

FÉDIA

Está martelando em sua cabeça... Seu estômago o domina! (*Ri*) Você é um homem feliz. Deite-se e durma! O que está fazendo plantado como um espantalho no meio da pousada? Aqui não é um pomar!

BORTSOV

(*Zangado*) Cale a boca! Ninguém falou com você, seu asno.

FÉDIA

Continue, continue! Já vimos outros como você antes! Há muitos como você vagando pela estrada! Se sou burro, espere sua vez e, com um bofetão no pé do ouvido, vai uivar mais que o vento. Burro é você! Seu doido! (*Pausa*) Você é um lixo!

NAZAROVNA

O velho pode estar fazendo uma oração ou entregando a alma a Deus, e aqui estão esses impuros discutindo uns com os outros e dizendo todo tipo de... Tenham um pouco de vergonha!

FÉDIA

Ora, seu talo de repolho, sossegue, mesmo que esteja numa taberna. Comporte-se exatamente como todos os outros.

BORTSOV

O que devo fazer? O que será de mim? Como posso fazê-lo entender? O que mais posso dizer a ele? (*Para TIKHON*) O sangue está fervendo em meu peito! Tio Tikhon! (*Chora.*) Tio Tikhon!

SAVVA

(*Geme*) Tenho pontadas na perna, como balas de fogo... Mãezinha, peregrina!

EFIMOVNA

O que é, meu caro?

SAVVA

Quem é esse que está chorando?

EFIMOVNA

Um senhor.

SAVVA

Peça-lhe que derrame uma lágrima por mim, para que eu possa morrer em Vologda. Orações com lágrimas são certamente atendidas.

BORTSOV

Não estou rezando, vovô! Não são lágrimas! É só suco! Minha alma está esmagada; e o suco está escorrendo. (*Senta-se ao lado de SAVVA.*) Suco! Mas você não vai entender! Você, com seu cérebro embotado, não vai entender. Vocês todos estão no escuro!

SAVVA

Onde é que vai encontrar aqueles que vivem na luz?

BORTSOV

Eles existem, vovô... Eles haveriam de entender, de compreender!

SAVVA

Sim, sim, caro amigo... Os santos viveram na luz, eram iluminados... Compreenderam todas as nossas dores... Mesmo sem lhes dizer nada... eles compreendem... só de olhar em seus olhos... E então você terá tanta paz, como se nunca tivesse sofrido... como se a dor nunca tivesse existido!

FÉDIA

E você já viu algum santo?

SAVVA

Já, meu jovem... Nessa terra, há gente de todos os tipos. Há pecadores e há servos de Deus.

BORTSOV

Não entendo nada disso... (*Levanta-se depressa.*) De que adianta falar quando não se entende e que tipo de cérebro será que tenho agora? Tenho apenas um instinto, uma sede! (*Vai rapidamente ao balcão.*) Tikhon, tome meu casaco! (*Tenta tirá-lo.*) Meu casaco...

TIKHON

E o que há debaixo do casaco? (*Olha por baixo.*) Seu corpo nu? Não o tire, não o quero... Não vou sobrecarregar minha alma com esse pecado.

(*Entra MERIK.*)

BORTSOV

Tudo bem, eu assumo o pecado! De acordo?

MERIK

(*Em silêncio, tira a capa e permanece com uma jaqueta sem mangas. Carrega uma machadinha no cinto.*) Um vagabundo pode suar onde um urso congela. Estou com calor. (*Coloca a machadinha no chão e tira a jaqueta.*) Você se livra de um balde de suor ao tirar uma perna da lama. Tira uma e afunda a outra.

EFIMOVNA

É bem assim... a chuva está parando, amigo?

MERIK

(*Olhando para EFIMOVNA.*) Não falo com mulheres velhas. (*Pausa*)

BORTSOV

(*Para TIKHON*) Vou carregar esse pecado comigo. Está me ouvindo ou não?

TIKHON

Não quero ouvi-lo, vá embora!

MERIK

Está tão escuro como se o céu estivesse pintado de piche. Não se consegue ver nem o próprio nariz. E a chuva bate no rosto como uma tempestade de neve! (*Apanha as roupas e a machadinha.*)

FÉDIA

É uma coisa boa para nós, ladrões. Quando o gato está ausente, os ratos fazem festa.

MERIK

Quem está falando?

FÉDIA

Olhe e veja... antes que se esqueça.

MERIK

Vamos anotar isso... (*Vai até TIKHON.*) Como vai, seu cara de cavalo! Não se lembra de mim?

TIKHON

Se tivesse de me lembrar de cada um de vocês, beberrões, que andam pela estrada, acho que precisaria de dez buracos em minha testa.

MERIK

Olhe para mim... (*Pausa*)

TIKHON

Oh, sim, lembro. Eu o reconheci pelos olhos! (*Dá-lhe a mão.*) Andrei Polikarpov?

MERIK

Eu era Andrei Polikarpov, agora sou Egor Merik.

TIKHON

Mas por quê?

MERIK

Eu me chamo de acordo com o passaporte que Deus me dá. Faz dois meses que sou Merik. (*Trovão*) Rrrr... Continua trovejando, não tenho medo! (*Olha em volta.*) Há algum policial por aqui?

TIKHON

Do que está falando, exagerando as coisas?... As pessoas aqui são tranquilas e corretas... Os policiais estão dormindo profundamente em seus colchões de penas... (*Em voz alta.*) Irmãos ortodoxos, cuidem de seus bolsos e de suas roupas ou vão se arrepender. Esse homem é um pilantra! Vai roubá-los!

MERIK

Devem cuidar do dinheiro, mas das roupas... nem vou tocá-las. Não tenho como levá-las.

TIKHON

Para onde o diabo o está levando?

MERIK

Para Kuban.

TIKHON

Sério?

FÉDIA

Para Kuban? Verdade? (*Sentando-se*) É um belo lugar. Não veria semelhante região, meu irmão, se adormecesse e sonhasse por três anos. Dizem que as aves por lá e os animais são... meu Deus! A grama cresce o ano todo, as pessoas vivem em harmonia e têm tanta terra que não sabem o que fazer com ela! As autoridades, dizem... um soldado me contava outro dia... dão até cem hectares de terra. É uma felicidade, Deus que me castigue!

MERIK

Felicidade... A felicidade segue atrás de gente... Não a vê. Está tão perto quanto seu cotovelo, que não pode mordê-lo. É tudo bobagem... (*Olhando para os bancos e para as pessoas.*) Como uma multidão de presos acampados... Pobre gente!

EFIMOVNA

(*Para MERIK.*) Que olhos grandes e raivosos! Há um inimigo em você, meu jovem... Não olhe para nós!

MERIK

Sim, seus pobretões!

EFIMOVNA

Vá embora! (*Cutuca SAVVA.*) Savva, meu querido, um homem malvado está olhando para nós. Vai nos fazer mal, querido. (*Para MERIK.*) Afaste-se, eu lhe ordeno, sua víbora!

SAVVA

Ele não vai nos tocar, mãe, não vai nos tocar... Deus não vai permitir.

MERIK

Muito bem, irmãos ortodoxos! (*Dá de ombros.*) Fiquem quietos! Não estão dormindo, seus tolos de pernas tortas! Por que não dizem alguma coisa?

EFIMOVNA

Afaste seus olhos grandes! Afaste esse orgulho do próprio diabo!

MERIK

Cale-se, sua velha corcunda! Eu não vim com o orgulho do diabo, mas com palavras amáveis, desejando honrar sua amarga sorte! Estão aí amontoados como moscas por causa do frio... teria dó de vocês, falaria gentilmente, me condoeria com a pobreza de vocês, mas vocês ficam aí resmungando! (*Aproxima-se de FÉDIA.*) De onde é que você vem?

FÉDIA

Eu moro nessa região. Trabalho na olaria Khamonievski.

MERIK

Levante-se!

FÉDIA

(*Soerguendo-se*) O que quer?

MERIK

Levante-se direito, que eu vou deitar aqui.

FÉDIA

O que é isso... Não é seu lugar, por acaso?

MERIK

Sim, é meu. Saia daqui e deite-se no chão!

FÉDIA

Saia daqui você, seu vagabundo. Pensa que tenho medo?

MERIK

Trate de enrolar essa língua... Levante-se e feche a boca! Ainda vai se arrepender, seu bobalhão.

TIKHON

(*Para FÉDIA.*) Não o contrarie, meu jovem. Deixe isso para lá.

FÉDIA

Que direito você tem? Arregala seus olhos de peixe e pensa que estou com medo! (*Apanha seus pertences e se estende no chão.*) Seu demônio! (*Deita-se e cobre-se todo.*)

MERIK

(*Estirando-se no banco.*) Creio que você nunca viu um demônio, caso contrário não me chamaria assim. Demônios não são bem isso. (*Deita-se, colocando a machadinha ao lado dele.*) Deite-se, machadinha, minha irmãzinha... vou cobri-la direitinho.

TIKHON

Onde conseguiu a machadinha?

MERIK

Roubei... Roubei-a, e agora tenho de tratá-la como uma criança com brinquedo novo. Não quero jogá-la fora e não tenho onde colocá-la. Como uma esposa brutal... Sim... (*Cobrindo-se*) Demônios não são assim, meu irmão.

FÉDIA

(*Descobrindo a cabeça.*) Como são?

MERIK

Como vapor, como ar... Basta soprar no ar. (*Sopra*) Eles são assim, você não pode vê-los.

UMA VOZ NO CANTO

Pode vê-los, se você se sentar sob uma grade.

MERIK

Já fiz isso, mas não vi nenhum... Contos de velhas e de velhos patifes também... Não vai conseguir ver um demônio nem um espírito nem a alma de um morto... Nossos olhos não foram feitos para ver tudo... Quando eu era menino, costumava andar na floresta à noite de propósito, para ver o demônio das florestas....

Eu gritava, gritava a plenos pulmões; chamava o demônio da floresta e não piscava os olhos: vi todo tipo de coisinhas se movendo, mas nenhum demônio. Eu costumava passear pelos cemitérios à noite, queria ver os fantasmas... mas as mulheres mentem. Vi todos os tipos de animais, mas, de qualquer coisa horrível... nenhum sinal. Nossos olhos não foram...

A VOZ DO CANTO

Nada disso, o fato é que se pode ver... Em nossa aldeia, um homem estava estripando um javali... estava separando as tripas quando... algo saltou sobre ele!

SAVVA

(*Soerguendo-se*) Meus filhos, não falem dessas coisas impuras! É pecado, meus caros!

MERIK

Aaah... barba grisalha! Seu esqueleto! (*Ri*) Não precisa ir ao cemitério para ver fantasmas, quando se levantam de baixo do chão para dar conselhos a seus parentes... Pecado!... Não ensine às pessoas suas ideias tolas! Você é um pedaço de gente ignorante, vivendo na escuridão... (*Acendendo o cachimbo.*) Meu pai era camponês e gostava de ensinar às pessoas. Uma noite, ele roubou um saco de maçãs da casa do padre da aldeia e as trouxe e nos disse: "Olhem, filhos, lembrem-se de não comer maçãs antes da Páscoa, é pecado". Você é igual... Não sabe o que é um demônio, mas vai chamando as pessoas de demônios... Veja essa velha corcunda, por exemplo. (*Aponta para EFIMOVNA.*) Ela vê em mim um inimigo, mas é a hora dela, por uma ou outra besteira, própria de mulher, ela já entregou a alma ao diabo umas cinco vezes.

EFIMOVNA

Huuu, huuu, huuu... Deus dos céus! (*Cobre o rosto.*) Savva, meu caro!

TIKHON

Por que os está assustando? Que belo prazer! (*A porta bate ao vento.*) Senhor Jesus... Que vento, que vento!

MERIK

(*Espreguiçando-se*) Hei, só para mostrar minha força! (*A porta bate de novo.*) Se eu pudesse medir forças com o vento! Será que devo derrubar a porta ou arrancar a estalagem pela raiz! (*Levanta-se e deita-se novamente.*) Ó coisa chata!

NAZAROVNA

Seria melhor que se pusesse a orar, seu pagão! Por que está tão inquieto?

EFIMOVNA

Não fale com ele, deixe-o em paz! Ele está olhando para nós de novo. (*Para MERIK.*) Não olhe para nós, seu malvado! Seus olhos são como os olhos de um demônio antes do canto do galo!

SAVVA

Deixem-no olhar, peregrinos! Orem, e os olhos dele não lhes farão nenhum mal.

BORTSOV

Não, não posso. É demais para a minha força! (*Vai até o balcão.*) Escute, Tikhon, eu lhe peço pela última vez... Só meio copo!

TIKHON

(*Meneia a cabeça.*) O dinheiro!

BORTSOV

Meu Deus, já não lhe disse! Já o bebi todo! Onde vou conseguir dinheiro? Você não vai quebrar, mesmo que me dê uma gota de vodca fiado. Um copo só lhe custa 2 copeques e esse copinho vai me poupar o sofrimento! Estou sofrendo! Entenda! Estou na miséria, estou sofrendo!

TIKHON

Vá e diga isso a qualquer outro, não a mim... Vá e peça aos irmãos ortodoxos, talvez eles lhe deem um pouco, por amor de Cristo, se quiserem, mas eu, por amor de Cristo, só dou pão.

BORTSOV

Você pode roubar esses desgraçados, eu não... Não vou fazer isso! Não vou! Entende? (*Dá um soco no balcão do bar.*) Não vou. (*Pausa*) Hum... espere... (*Volta-se para as peregrinas.*) É uma ideia, não passa disso, ortodoxos! Privem-se de 5 copeques! Meu íntimo pede por isso. Estou doente!

FÉDIA

Oh, seu caloteiro, com os "5 copeques que pede", não consegue um pouco de água?

BORTSOV

Como estou me degradando! Não quero! Não quero nada! Só estava brincando!

MERIK

Você não vai conseguir isso dele, senhor... Ele é um famoso pão-duro... Espere, tenho uma moeda de 5 copeques em algum lugar... Vamos tomar um copo nós dois... metade cada um (*Procura nos bolsos.*) Diabos!... está perdida em algum lugar... Pensei tê-la ouvido tilintando agora mesmo no bolso... Não; não, não está aqui, meu irmão, é sua sorte! (*Pausa*)

BORTSOV

Mas se não posso beber, vou cometer um crime ou me mato... Que vou fazer, meu Deus! (*Olha pela porta.*) Será que devo sair, então? Para fora nessa escuridão, para onde quer que meus pés me levem...

MERIK

Por que vocês não lhe dão um sermão, seus peregrinos? E você, Tikhon, por que não o expulsa daqui? Ele não lhe pagou pelo pernoite. Jogue-o para fora! As pessoas são cruéis hoje em dia. Não têm gentileza nem bondade... Gente selvagem! Se um homem está se afogando, todos gritam: "Apresse-se e se afogue de uma vez! Não temos tempo para ficar olhando você, temos de trabalhar!" Em vez de lhe atirar uma corda... nem pensam nisso... Uma corda custa dinheiro.

SAVVA

Não fale assim, meu gentil amigo!

MERIK

Cale aboca, velha raposa! Vocês são de uma raça selvagem! Herodes! Vendedores de suas almas! (*Para TIKHON*) Venha cá, tire minhas botas! Depressa!

TIKHON

Oh, ele quer que eu lhe obedeça! (*Ri*) Medonho, não é?

MERIK

Vá em frente, faça o que eu lhe disse! Rápido! (*Pausa*) Está me ouvindo ou não? Estou falando com você ou com a parede? (*Levanta-se*)

TIKHON

Ora, ora... pare com isso!

MERIK

Quero que você, seu pateta, tire essas botas de um pobre vagabundo.

TIKHON

Bem, bem... não fique nervoso. Tome um copo... Beba!

MERIK

Gente, o que é que eu quero? Que me dê vodca ou que tire minhas botas? Não falei claro? (*Para TIKHON*) Não me ouviu direito? Vou esperar um pouco, talvez me ouça direito, então.

(*Há agitação entre os peregrinos e vagabundos, que se soerguem com o tronco para olhar para TIKHON e MERIK. Esperam em silêncio.*)

TIKHON

O diabo trouxe você aqui! (*Sai de trás do balcão.*) Que cavalheiro! Vamos lá, então. (*Tira as botas de MERIK.*) Seu filho de Caim...

MERIK

Ótimo! Coloque-as lado a lado... Assim... já pode ir!

TIKHON

(*Retorna para trás do balcão.*) Gosta de se mostrar valente. Faça isso de novo e o expulso da pousada! Entendeu? (*Para BORTSOV, que se aproxima.*) Você, de novo?

BORTSOV

Olhe aqui, suponha que lhe dê algo feito de ouro... E o darei.

TIKHON

Por que está tremendo? Fale direito!

BORTSOV

Pode ser mesquinho e perverso de minha parte, mas o que devo fazer? Estou fazendo essa coisa perversa, sem contar o que está por vir... Se eu fosse julgado por isso, me soltariam. Tome, só com a condição de que o devolva mais tarde, quando eu voltar da cidade. Entrego-o diante dessas testemunhas. Vocês serão minhas testemunhas! (*Tira um medalhão de ouro da lapela do casaco.*) Aqui está... Eu deveria tirar o retrato de dentro, mas não tenho onde colocá-lo. Estou todo molhado... Bem, tome o retrato também! Mas preste atenção... não deixe seus dedos tocar esse rosto... Por favor... Fui rude com você, meu caro amigo, fui um tolo, mas me perdoe e... não toque nele com os dedos...

Não olhe para esse rosto com seus olhos. (*Entrega o medalhão a TIKHON.*)

TIKHON

(*Examinando-o*) Propriedade alheia, roubada... Tudo bem, então, beba... (*Serve-lhe vodca.*) Com os diabos!

BORTSOV

Só não o toque... com os dedos. (*Bebe devagar, com pausas febris.*)

TIKHON

(*Abre o medalhão.*) Hum... uma senhora!... Onde conseguiu isso?

MERIK

Deixe-me ver. (*Vai até o balcão.*) Vamos ver.

TIKHON

(*Afasta a mão dele.*) O que quer aqui? Procure outra coisa para ver!

FÉDIA

(*Levanta-se e se aproxima de TIKHON.*) Eu quero olhar também!

(*Vários vagabundos e outros se aproximam do balcão e formam um grupo. MERIK segura firmemente a mão de TIKHON com as suas, olha para o retrato no medalhão em silêncio. Pausa.*)

MERIK

Um demônio de linda. Uma verdadeira dama...

FÉDIA

Uma verdadeira dama... Olhe que bochechas, que olhos... Abra sua mão, não consigo ver! Cabelos caindo até a cintura... É bem natural! Parece que ela está para dizer alguma coisa... (*Pausa*)

MERIK

É a derrota para um homem fraco. Uma mulher dessas agarra um e... (*Acena com a mão.*) está acabado!

(*Ouve-se a voz de KUSMA. "Trrr... Parem, seus brutos!" KUSMA entra.*)

KUSMA

Há uma estalagem em meu caminho. Devo dirigir ou passar por ela, diga? Pode-se passar pelo próprio pai sem notá-lo, mas pode ver uma estalagem no escuro a cem quilômetros de distância. Abram caminho, se acreditam em Deus! Olá! (*Põe uma moeda de 5 copeques no balcão.*) Um copo de vinho Madeira genuíno! Depressa!

FÉDIA

Ah! seu diabo!

TIKHON

Não agite seus braços ou vai bater em alguém.

KUSMA

Deus nos deu braços para acenar. Pobres coisas açucaradas, vocês estão meio derretidos. Têm medo da chuva, coisinhas delicadas! (*Bebe*)

EFIMOVNA

Pode muito bem ficar assustado, bom homem, se for surpreendido pelo caminho numa noite como essa. Agora, graças a Deus, não é muito perigoso, porque há muitas aldeias e casas, onde a gente pode se abrigar, mas antes não havia nada. Oh, Senhor, era muito ruim! Andava-se cem quilômetros e não só não havia aldeia ou uma casa sequer, mas não se via nem vara seca. Então se dormia no chão...

KUSMA

Está há muito tempo nesta terra, minha velha?

EFIMOVNA

Mais de setenta anos, paizinho.

KUSMA

Mais de setenta anos! Logo chegará aos anos do corvo. (*Olha para BORTSOV.*) E que tipo de uva é essa? (*Fitando BORTSOV.*) Senhor! (*BORTSOV reconhece KUSMA e se retira confuso para um canto da sala, onde se senta num banco.*) Semion Sergeievitch! É você ou não é? Hein? O que está fazendo neste lugar? Não é o tipo de local para você, ou é?

BORTSOV

Fique quieto! Não diga nada!

MERIK

(*Para KUSMA*) Quem é esse sujeito?

KUSMA

Um mísero sofredor. (*Caminha irritado ao longo do balcão.*) Hein? Numa pousada, meu Deus! Esfarrapado! Bêbado! Estou desconcertado, irmãos... desconcertado... (*Para MERIK, em voz baixa.*) É meu patrão... o dono das terras. Semion Sergeievitch e senhor Bortsov... Já viu em que estado estão? A que se parece? Foi... foi a bebida que o levou a isso... Sirva mais um pouco! (*Bebe*) Venho da aldeia dele, Bortsovka; já deve ter ouvido falar, fica a 200 quilômetros daqui, no distrito de Ergovski. Éramos servos do pai dele... Que vergonha!

MERIK

Ele era rico?

KUSMA

Muito.

MERIK

Bebeu tudo?

KUSMA

Não, meu amigo, foi outra coisa... Ele costumava ser grande, rico e sóbrio... (*Para TIKHON*) Ora, você mesmo o via seguidamente cavalgando, como sempre fazia, e passar por esta estalagem, a caminho da cidade. Com cavalos arrojados e nobres! Uma carruagem com molas, da melhor qualidade! Era dono de cinco carruagens puxadas por três cavalos cada, meu irmão... Há cinco anos, eu me lembro, ele veio aqui conduzindo dois cavalos de Mikishinski e pagou com uma moeda de 5 rublos... Não tenho tempo, disse ele, para esperar o troco... É isso aí!

MERIK

Perdeu o juízo, suponho.

KUSMA

Não, seu juízo está perfeito... Tudo aconteceu por causa da covardia dele! Por demasiada abundância. Em primeiro lugar, amigos, por causa de uma mulher... Apaixonou-se por uma mulher da cidade e parecia-lhe que não havia coisa mais bela no mundo inteiro. Um tolo pode amar tanto quanto um sábio. A família da moça era boa gente... Mas ela não era exatamente libertina, mas... leviana... sempre mudando de ideia! Sempre piscando para alguém! Sempre rindo, rindo à toa... Sem qualquer bom senso. Os burgueses gostam disso, acham até bonito, mas nós, camponeses, logo a expulsaríamos... Bem, ele se apaixonou, e a sorte dele acabou. Começou a acompanhá-la em tudo, uma coisa levou a outra... os dois costumavam sair de barco todas as noites, tocar piano...

BORTSOV

Não lhes conte, Kusma! Por que faz isso? O que minha vida tem a ver com eles?

KUSMA

Perdoe-me, excelentíssimo senhor, só estou contando um pouco... o que importa, afinal... Estou tremendo todo. Sirva um pouco mais de bebida. (*Bebe*)

MERIK

(*Em voz baixa.*) E ela o amava?

KUSMA

(*Em voz baixa, passando aos poucos à voz normal.*) Como não? Ele era um homem de posses... Claro que uma mulher vai se apaixonar por um homem que tem propriedades imensas e dinheiro para queimar... Era um cavalheiro sólido, digno, sóbrio... sempre o mesmo, como isso... me dê sua mão (*Pega a mão de MERIK.*) "Como vai?", "Até logo!", "Faça-me o favor..." Bem, certa noite, eu estava passando pelo jardim dele... e que jardim, meu irmão!... estava passando calmamente, olho e vejo os dois sentados num banco e se beijando. (*Imita o som.*) Ele a beija uma vez, e a cobra lhe devolve dois... Ele segurava a delicada e branca mãozinha dela, enquanto ela, toda ardente, ia se achegando cada vez mais perto... "Eu o amo", disse ela. E ele, como um condenado, anda de um lugar para outro e se gaba, o covarde, de sua felicidade... Dá a um homem um rublo e dois a outro... me deu dinheiro para comprar um cavalo. Quita as dívidas de todos...

BORTSOV

Oh, por que lhes conta tudo isso? Essas pessoas não têm nenhuma simpatia... isso magoa!

KUSMA

Não é nada, senhor! Eles me perguntaram! Por que não deveria lhes contar? Mas se está zangado, não vou... não vou... O que tenho a ver com eles... (*Ouvem-se as campainhas da diligência dos correios.*)

FÉDIA

Não fale alto demais; conte-nos em voz baixa...

KUSMA

Vou lhes contar em voz bem baixa... Ele não quer que eu fale, mas não tem jeito... Não há, porém, mais nada a contar. Eles se casaram, só isso. Não houve mais nada. Sirva outro gole para Kusma, daquela que queima a garganta! (*Bebe*) Não gosto de ver as pessoas bêbadas! Ora, o dia do casamento chegou. E quando, mais tarde, os burgueses se sentaram para jantar, ela saiu de carruagem... (*Sussurra*) para a cidade, para a casa de seu amante, um advogado... Hein? O que vocês acham dela agora?

Justamente no dia do casamento! Seria castigada benignamente, se fosse morta por isso!

MERIK

(*Pensativo*) Bem... o que aconteceu, então?

KUSMA

Ele enlouqueceu... Como pode ver, ele começou com uma mosca, como se costuma dizer, e agora se transformou numa abelha. Era uma mosca, então, e agora... é uma abelha... E ainda a ama. Olhe para ele, ele a ama! Imagino que agora ele esteja indo a pé até a cidade para vê-la de relance... vai vê-la e vai voltar...

(*A diligência do correio parou à entrada. O CARTEIRO entra e toma uma bebida.*)

TIKHON

O correio está atrasado hoje!

(*O CARTEIRO paga em silêncio e sai. A diligência do correio parte, tocando as sinetas.*)

UMA *VOZ NO CANTO*

Pode-se até roubar o correio com um tempo desses... fácil como cuspir.

MERIK

Estou vivo há 35 anos e não roubei o correio uma única vez... (*Pausa*) Já foi embora... tarde demais, tarde demais...

KUSMA

Você quer cheirar o interior de uma prisão?

MERIK

As pessoas roubam e não vão para a prisão. E se eu for! (*De repente*) O que mais?

KUSMA

Você se refere a esse infeliz?

MERIK

A quem mais?

KUSMA

A segunda razão, irmãos, pela qual acabou se arruinando, adveio do cunhado dele, marido da irmã... Aceitou ser fiador do cunhado para um empréstimo de 30 mil rublos no banco. Esse cunhado é um ladrão... O vigarista sabe de que lado o pão está amanteigado e não se move um centímetro... Não pagou o empréstimo... Então nosso homem teve de pagar os 30 mil integralmente. (*Suspira*) O tolo está sofrendo por sua loucura. A mulher dele tem filhos do advogado e o cunhado comprou uma propriedade perto de Poltava, e nosso homem anda pelas hospedarias como um pateta e se queixa de gente como nós: "Perdi toda a fé, irmãos! Não posso acreditar em ninguém agora!" É covarde! Todo homem tem seus problemas, uma cobra que suga seu sangue, e isso é motivo para se entregar à bebida? Vejam nosso ancião da aldeia, por exemplo. A esposa dele anda namorando o professor em plena luz do dia e gasta o dinheiro dele em bebida, mas o velho anda sorrindo, inalterado, para si mesmo. Ele só está um pouco mais magro...

TIKHON

(*Suspira*) Quando Deus dá força a um homem...

KUSMA

Há todo tipo de força, é verdade... Bem? Quanto devo? (*Paga*) Tome seu quilo de carne! Adeus, crianças! Boa noite e bons sonhos! Está na hora de seguir adiante. Estou levando à minha senhora uma parteira do hospital... Ela deve estar se molhando de tanto esperar, pobrezinha... (*Corre para fora. Pausa.*)

TIKHON

Ah, você! Homem infeliz, venha e beba isso! (*Serve a bebida.*)

BORTSOV

(*Vai hesitante até o balcão e bebe.*) Isso significa que agora estou lhe devendo dois copos.

TIKHON

Não me deve nada. Beba e afogue suas mágoas!

FÉDIA

Beba o meu também, senhor! Oh! (*Joga uma moeda de 5 copeques.*) Se beber, morre; se não beber, morre também. É bom não beber vodca, mas, por Deus, você fica mais leve quando bebe um pouco! A vodca tira a dor... esquenta!

BORTSOV

Buuu! Que calor!

MERIK

Deixe ver! (*Pega o medalhão de TIKHON e examina o retrato.*) Hum. Fugiu logo depois do casamento. Que mulher!

UMA VOZ DO CANTO

Sirva-lhe outro copo, Tikhon. Deixe-o beber o meu também.

MERIK

(*Joga o medalhão no chão.*) **Maldita!** (*Vai rapidamente para seu lugar e se deita, de frente para a parede. Agitação geral.*)

BORTSOV

Ora, o que é isso? (*Recolhe o medalhão.*) **Como se atreve, sua besta? Que direito você tem?** (*Em lágrimas.*) **Quer que o mate? Seu campônio! Seu cafajeste!**

TIKHON

Não se zangue, senhor... Não é de vidro, não quebrou... Tome outro gole e durma. (*Serve-o*) Aqui estou eu ouvindo todos vocês, quando deveria ter trancado as portas há muito tempo. (*Vai e olha a porta que dá para fora.*)

BORTSOV

(*Bebe*) **Como se atreve, esse tolo!** (*Para MERIK*) **Entendeu? Você é um tolo, um burro!**

SAVVA

Meus filhos! Por favor! Parem de falar! De que adianta fazer barulho? Deixem a gente dormir.

TIKHON

Deite-se, deite-se... fique quieto! (*Vai atrás do balcão e fecha a gaveta.*) Está na hora de dormir.

FÉDIA

Está na hora! (*Deita-se*) Bons sonhos, irmãos!

MERIK

(*Levanta-se, estende seu casaco de pele e cobre o banco.*) **Vamos, deite-se, senhor.**

TIKHON

E onde você vai dormir?

MERIK

Ah, em qualquer lugar... O chão serve... (*Estende um casaco no chão*) **Para mim, tanto faz.** (*Coloca a machadinha ao lado dele.*) **Seria uma tortura para ele dormir no chão. Ele está acostumado com seda e plumagem...**

TIKHON

(*Para BORTSOV*) **Deite-se, excelência! Já olhou para aquele retrato por tempo suficiente.** (*Apaga uma vela.*) **Jogue-o fora!**

BORTSOV

(*Cambaleando*) **Onde posso me deitar?**

TIKHON

No lugar do vagabundo! Não o ouviu desistir em seu favor?

BORTSOV

(*Indo para o lugar vago.*) **Estou meio... bêbado... depois de tudo isso... É isso?... Deito aqui? Hein?**

TIKHON

Sim, sim, deite-se, não tenha medo. (*Estira-se ao pé do balcão.*)

BORTSOV

(*Deitado.*) Estou... bêbado... Tudo está girando... (*Abre o medalhão.*) Não tem uma velinha? (*Pausa*) Você é uma mulherzinha esquisita Masha... Olhando para mim e rindo... (*Ri.*) Estou bêbado! E você deveria rir de um homem porque está bêbado? Cuide-se, como diz Schastlivtsev, e... ame o bêbado.

FÉDIA

Como o vento uiva. É medonho!

BORTSOV

(*Ri*) Que mulher... Por que você continua fugindo? Não consigo alcançá-la!

MERIK

Ele está delirando. Olhou tempo demais para o retrato. (*Ri*) Que coisa! Pessoas educadas se empenham e inventam todo tipo de máquinas e remédios, mas ainda não houve um homem suficientemente sábio para inventar um remédio contra o sexo feminino... Tentam curar todo tipo de doença, e nunca lhes ocorre que mais pessoas morrem de mulheres do que de doença... Astuta, mesquinha, cruel, desmiolada... A sogra atormenta a noiva e a noiva endireita as coisas enganando o marido... e não tem fim...

TIKHON

As mulheres despentearam o cabelo dele, por isso é todo eriçado.

MERIK

Não sou só eu... Desde os primórdios dos tempos, desde que o mundo existe, as pessoas se queixam... Não é à toa que nas canções e histórias, o diabo e a mulher são colocados lado a lado... Não é à toa! É meia verdade, pelo menos... (*Pausa*) Aqui está o cavalheiro fazendo papel de bobo, mas eu tinha mais juízo, não tive, quando deixei meu pai e minha mãe e me tornei um vagabundo?

FÉDIA

Por causa de mulheres?

MERIK

Exatamente como o cavalheiro... eu andava como um dos malditos, enfeitiçados, abençoando minhas estrelas... em chamas dia e noite, até que finalmente meus olhos se abriram... Não era amor, mas apenas uma fraude...

FÉDIA

O que fez com ela?

MERIK

Não é de sua conta... (*Pausa*) Acha que a matei?... Não faria isso... Se matar, acaba se arrependendo... Ela pode viver e ser feliz! Se eu nunca tivesse posto os olhos em você, ou se eu só pudesse esquecê-lo, seu filho de uma víbora! (*Uma batida na porta.*)

TIKHON

A quem os demônios trouxeram... Quem está aí? (*Batida.*) Quem bate? (*Levanta-se e vai até a porta.*) Quem bate? Vá embora, estamos trancados!

UMA VOZ

Por favor, deixe-me entrar, Tikhon. A mola da carruagem quebrou! Seja um bom pai para mim e me ajude! Se eu tivesse apenas uma corda para amarrar, chegaríamos lá de uma forma ou de outra.

TIKHON

Mas quem é?

A VOZ

Minha senhora está indo para Varsonofiev... São apenas cinco quilômetros mais adiante... Seja um bom homem e me ajude!

TIKHON

Vá e diga à senhora que, se pagar 10 rublos, pode ficar com a corda e consertaremos a mola.

A VOZ

Está ficando louco, ou o quê? Dez rublos! Seu cachorro doido! Lucrando com nossos infortúnios!

TIKHON

Como quiser... Se não lhe convier, dane-se!

A VOZ

Está bem, espere um pouco. (*Pausa*) Ela diz que aceita.

TIKHON

Prazer em ouvir isso!

(*Abre a porta. O COCHEIRO entra.*)

COCHEIRO

Boa noite, irmãos ortodoxos! Bem, me dê a corda! Rápido! Quem vai nos ajudar, crianças? Vou deixar alguma coisa pelo incômodo!

TIKHON

Não vai dar coisa nenhuma... Deixe-os dormir, nós dois podemos dar um jeito.

COCHEIRO

Puxa, estou cansado! Faz frio e não há um ponto seco em toda essa lama... Outra coisa, meu caro... Dispõe de um quartinho aqui para a senhora se aquecer? A carruagem está toda inclinada para um lado, a mulher não pode ficar dentro...

TIKHON

Para que ela quer um quarto? Pode se aquecer aqui, se estiver com frio... Vamos encontrar um lugar. (*Limpa um espaço ao lado de BORTSOV.*) Levante-se, levante-se! Deite-se no chão por uma hora e deixe a senhora se aquecer. (*Para BORTSOV*) Levante-se, excelência! Sente-se! (*BORTSOV se senta.*) Aqui está um lugar para você. (*O COCHEIRO sai.*)

FÉDIA

Chega uma visita, o diabo a trouxe! Agora não haverá quem durma antes do amanhecer.

TIKHON

Lamento não ter pedido quinze... Ela teria dado... (*Fica esperando diante da porta.*) Você é um tipo de pessoa delicada, devo dizer. (*Entra MARIA EGOROVNA, seguida do COCHEIRO. TIKHON faz uma reverência.*) Por favor, alteza! Nossa sala é muito humilde, cheia de besouros negros! Mas não a desdenhe!

MARIA EGOROVNA

Não consigo ver nada... Para que lado devo ir?

TIKHON

Por aqui, alteza! (*Leva-a para o local ao lado de BORTSOV.*) Por aqui, por favor. (*Assopra no lugar.*) Não tenho quartos separados, desculpe, mas não tenha medo, senhora, aqui as pessoas são boas e tranquilas...

MARIA EGOROVNA

(*Senta-se ao lado de BORTSOV.*) Que abafado! Abra a porta, por favor!

TIKHON

Sim, senhora. (*Corre e abre a porta.*)

MARIA EGOROVNA

Estamos congelando e você abre a porta! (*Levanta-se e a fecha.*) Quem é você para dar ordens? (*Deita.*)

TIKHON

Perdão, alteza, mas temos aqui um tolo... um pouco maluco... Mas não se assuste, ele não vai lhe fazer mal... Só deve me desculpar, senhora, não posso fazer isso por 10 rublos... Faço por 15.

MARIA EGOROVNA

Está bem, mas seja rápido, lhe peço.

TIKHON

Num minuto... num instante. (*Tira uma corda de debaixo do balcão.*) Num minuto. (*Pausa*)

BORTSOV

(*Olhando para MARIA EGOROVNA.*) Marie... Masha...

MARIA EGOROVNA

(*Olha para BORTSOV.*) Mas o que é isso?

BORTSOV

Maria... é você? De onde vem? (*MARIA EGOROVNA reconhece BORTSOV, grita e corre para o centro da sala. BORTSOV a segue.*) Marie, sou eu... eu (*Ri alto.*) Minha esposa! Marie! Onde estou? Gente, uma luz!

MARIA EGOROVNA

Saia de perto de mim! Você mente, não é você! Não pode ser! (*Cobre o rosto com as mãos.*) É mentira, é um total despropósito!

BORTSOV

Sua voz, seus movimentos... Marie, sou eu! Parei aqui por uns momentos... estava bêbado... Minha cabeça está girando... Meu Deus! Pare, pare... Não consigo entender mais nada. (*Grita*) Minha esposa! (*Cai aos pés dela e soluça. Um grupo se reúne em torno do casal.*)

MARIA EGOROVNA

Afaste-se! (*Para o COCHEIRO.*) Denis, vamos! Não posso mais ficar aqui!

MERIK

(*Salta e a olha fixamente no rosto.*) O retrato! (*Agarra a mão dela.*) É ela! Hei, gente, ela é a esposa do cavalheiro!

MARIA EGOROVNA

Afaste-se, rapaz! (*Tenta tirar a mão.*) Denis, por que fica aí olhando? (*DENIS e TIKHON correm até ela e seguram os braços de MERIK.*) Antro de ladrões! Soltem minha mão! Não tenho medo!... Afastem-se de mim!

MERIK

Espere um pouco, e vou deixá-la ir... Só me deixe lhe dizer uma palavra... Uma palavra, para que você possa compreender... Aguarde... (*Vira-se para TIKHON e DENIS.*) Afastem-se, seus tratantes, soltem! Não vou deixar você ir até que eu tenha dado minha opinião! Pare... um momento. (*Bate na testa com o punho.*) Não, Deus não me deu a sabedoria! Não consigo pensar na palavra certa para você!

MARIA EGOROVNA

(*Tira a mão.*) Afastem-se! Beberrões... vamos sair daqui, Denis!

(*Ela tenta sair, mas MERIK bloqueia a porta.*)

MERIK

Dirija a ele um olhar, com um único olho, se preferir! Ou diga apenas uma palavrinha gentil para ele! Pelo próprio amor de Deus!

MARIA EGOROVNA

Tirem daí esse... louco!

MERIK

Então que o diabo a carregue, mulher maldita!

(*Balança a machadinha. Confusão geral. Todos se levantam ruidosamente e com gritos de horror. SAVVA fica entre MERIK e MARIA EGOROVNA... DENIS afasta à força MERIK para um lado e leva para fora sua amante. Depois disso, tudo fica como se transformado em pedra. Pausa prolongada. BORTSOV de repente levanta as mãos para o ar.*)

BORTSOV

Marie... onde está você, Marie!

NAZAROVNA

Meu Deus, meu Deus! Vocês a atingiram, meu Deus, seus assassinos! Que noite maldita!

MERIK

(*Abaixando a mão; ele ainda segura a machadinha*) Eu a matei ou não?

TIKHON

Graças a Deus, sua cabeça está a salvo...

MERIK

Então não a matei... (*Cambaleando vai para seu lugar.*) O destino não me mandou para a morte, por causa de um machado roubado... (*Cai no chão e soluça.*) Ai! Ai de mim! Tenham piedade de mim, irmãos ortodoxos!

(*Cai o pano.*)

Impressão e Acabamento
Gráfica Oceano